キッドの運命

中島京子

集英社文庫

目次

ベンジャミン　7
ふたたび自然に戻るとき　39
キッドの運命　71
種の名前　109
赤ちゃん泥棒　147
チョイス　183
解説　武田砂鉄　214

キッドの運命

ベンジャミン

ぼくとチサは小さいときからいっしょに育った。

ぼくらは同じ人を父と呼んでいた。父さんと。父さんは田舎（いなか）の小さな動物園の園長で、なんだかいつも浮かない顔をしていた。

ぼくらの家庭に父親はいたが、母親はいなかった。ずいぶん前に、家を出て行ったのだそうだ。チサは、とても口汚く父さんを罵った彼女の顔を覚えているけど、ぼくにはまるで記憶がなかった。父さんはひとりよがりで、頭のネジが外れていて、まともな人間ではないという意味のことを、泣きながらまくし立てて出て行ったのだという。

母親がいなかったことで、とくにさびしい思いをしたことはない。

チサは姉のようなものだったけど、じっさいはそれ以上だった。

チサとぼくの父親が違うことは、もちろん知っていた。チサと父さんはよく似ていたけれど、ぼくだけまるで違う顔をしていた。ずんぐりむっくりしたぼくの体型も、すらりとしたチサとは正反対だった。

チサの立てた説では、母親がずんぐりむっくりした男と浮気してできた子がぼく、ということになるのだが、それはどうかなと思っている。

だってもし、ぼくが妻の浮気相手の息子だったら、父さんはぼくにもっと冷たいんじゃないかと思うけど、ぜんぜんそんなことはなくて、ぼくらは仲良しだったから。それから、家を出て行った彼女の写真を見たことがあるけど、ぼくとはぜんぜん似ていない。ただ、チサの説には説得力があった。

「間違いないって。わたしはユーゴが母さんのお腹にいたときのことを覚えてるんだから、たしかだよ」

母さんの浮気相手は、すごく強力な遺伝子をぼくに残してしまったのかもしれない。チサとぼくが似ていないことは知っていたけれど、学校に行くようになったら、そのことでからかったりいじめたりする連中が現れて、ぼくはけっこう傷ついた。だけど、もっと傷ついたのはチサだった。すごく怒って、泣いて、もう学校には行かないし、ぼくのことも行かせないと言いはった。島の中央にある学校まで、一時間半も無人のバスに乗っていくのは時間の無駄だとチサは主張した。

「どうしてホームスクーリングじゃいけないの？　わたしとユーゴは二人で勉強できるよ。そんな子、いっぱいいるじゃない？」

父さんは困って、しばらく考えて、チサには学校に行きなさいと言い、ぼくには行かなくていいと言った。チサは、そんなのはずるい、ユーゴが行かないなら自分も行かないと抵抗したけれど、あのときばかりは、ふだん物静かな父さんがきっぱりした口調で、

「行きなさい、チサ。いじめられたのはチサじゃないだろ」

と怒った。

あれからずっと、チサは学校から帰るとぼくに勉強を教えてくれるようになった。チサは優等生で、小さい子の勉強を見るのは得意だった。ぼくはそんなに優秀でもなかったけど、チサは根気強い、いい先生だった。

ぼくは買い物があまり好きじゃなかったので、服はずっと、チサのお下がりを着ていた。それに気づいた彼女は、いつのまにか男の子みたいな服ばかり着るようになった。それも、だぼっとしたオーバーオールやTシャツ、スウェット生地のパーカ、お腹にゴムが入ったパンツなんかだ。基本的にだぼだぼしたものが多くなったのは、背の低いぼくがどちらかというと太ったタイプだからだ。でも、筋肉はしっかりついていて、運動神経はむしろいいほうだ。

ともあれ、ぼくのためにチサは、おしゃれをするという年頃の女の子らしい楽しみを犠牲にしたのかもしれない。

「興味ないからいいの」

と、チサは言ってたけれど。

そのだぼだぼのスウェットの下に、チサがどんなナイスバディを隠していたかを考えると、ちょっと可笑(おか)しくて笑えてくる。彼女の学校のクラスメイトなんかは、お堅いチサ、勉強ばっかりしているチサ、色気がなくてつまんない女と思っていたらしいけど、本人はてんで気にしていなかった。

「自分が興味持てない相手に好かれたってしょうがない」

というのが口癖だった。

「クラスメイトとか、幼稚すぎて圏外だから」

とも。

休みの日にぼくたちは、よく、父さんの動物園に出かけた。

広くもなくて、動物もそんなにいなくて、それ以上に来園者がまったくいなくて、とてつもなくしけた場所だった。

「しけてるよね、ここ」

と、チサが言った。チサは読書家だったので、いろんな言葉をよく知っていた。

「それ、何?」

ぼくはたずねた。

「さえないとか、ぱっとしないとか、景気が悪いとかってこと。父さんの顔みたいなのを、しけたツラって言うのよ」

　チサの説明はいつだってものすごく的確だったから、ぼくは「しけてる」の意味を完全に理解した。

　父さんのしけた動物園にいる連中の中で、ぼくらのお気に入りはなんといってもベンジャミンだった。ぼくらはしょっちゅうその檻の前に行き、うろうろしたり、あくびしたりするベンジャミンを観察した。あくびをすると、驚愕するくらい口が大きく開いた。

「ベンジャミン」

　と、父さんが手書きした札が檻にぶら下がっていたから、ぼくらはそいつを躊躇なくそう呼んでいて、それがその動物の総称だと思っていた。

　鼻梁が長く、耳は短めで、そんなに大きすぎはしない大型犬くらいの大きさで、犬の一種みたいな感じだったけれど、胴体が縞柄で猫のようでもあった。だから、チサとぼくはベンジャミンのことを「イヌネコくん」と言ったりしたが、あいつは「そんなことはどうでもいい」という顔で、がーっと口を開けてあくびをしてみせるのだった。

「こいつ、しけてる」

　ぼくはチサの言葉を真似てみせるのが好きだった。そうすると、できのいい生徒、できのいい弟になったように感じられた。

「ほんと」

と、チサは言い、心が通じ合ったときに仲間が投げるようなウィンクをした。

ベンジャミンが吠えているのを聞いたことがない。

あいつはいつだって怠惰に檻の中をうろうろして、あるいは隅のほうに寝っ転がって、うつらうつらしているやつだった。餌は、父さんが栄養素を計算して特注した合成肉を黙って食べるだけで、狩りをするわけでもないから、するどい吠え声を聞かせる必要もなかったんだろう。

なんのためにそこにいるのか、いつまでそこにいるのか、来園者もいない動物園のしけたツラしたスター（というのはつまり、ほかには目を引くような動物がいなかったわけだ）は、ときおり気まぐれに、ぼくらのほうに寄ってきて後ろ脚で立ち上がって檻にしがみつき、鼻先を震わせるという芸当をした。

それが親愛の情の示し方なのか、ただの退屈しのぎなのかわからないけれど、その姿勢で得意のあくびなんかされると、吐く息が強烈にくさくて、ぼくとチサは笑い転げることになった。檻の中に手を伸ばせば触れただろうけど、

「あいつは噛むからやめとけ」

と、父さんが言うのでやらなかった。

「父さん、噛まれた？」

と聞くと、黙って首を振ったが、ベンジャミンが嚙むということにかけては、絶対的な確信があるようだった。

動物園にはベンジャミンと、フクロウも含めた数羽の鳥、コウモリがいて、そのほかにはいかにも子供向けといった感じのポニーとかうさぎとかあひるなんかがいた。

「こんなの動物園じゃないよ。象とかキリンとかいなくちゃ」

チサは不平を漏らした。

しかし、動物は増えるどころか、あひるやうさぎもだんだんに数が少なくなった。ようするに、飼いきれなくなって減らしていかざるを得なかったのだろう。何羽かは、気がつかないうちにぼくらの食卓に上っていた可能性が高い。本土での二度目の事故より前のことだったし、いずれにしても、ぼくらの住む島では食肉に関する規制もいいかげんだった。

動物園がお金にならないのはわかりきったことだった。父さんは園長業務のかたわら、学術論文みたいなものを書いているようだったが、もちろんそれもお金にならなかった。だから、二人の子供たち、そして園内の動物たちを食べさせるため、ネットでいろんな人の話を聞くカウンセラーの仕事をしていた。

人の話を聞いてやるだけの仕事なんて、ボランティアでやる人がいくらでもいたから、父さんはクライアントを確保するのにけっこう神経を使っていた。一応、医師免許を持っているのを売りにしていて、必要があれば処方箋も書ける、病院に紹介状も書くというのが父さんなりのブランディングだったけど、後から考えると、かなり妙な連中ともつきあっていた。

全身入れ墨だらけでヘンな目をしたひょろひょろの男が、自動運転の車で乗りつけて、おぼつかない歩行で父さんの書斎に入っていくのをときおり目にした。まともな人間なら正確でリーズナブルなＡＩドクターを使うわけで、ようするに父さんはものすごくヤバい筋の人たちに、クスリの処方箋を書いてやっていたらしい。このヘンな目の男はウーキーという呼び名だった。顔中にピアスをしているような人だったけど、この男が唯一、家を訪ねて来る人物だったから、ぼくらはそれなりに顔なじみになっていた。

とうぜん違法だけど、かなりいい商売ではあっただろう。ぼくらは父さんの「裏稼業」のおかげで育ったようなものだ。

チサが十八歳になって、大学に行くことが決まり、島を出ることになったとき、チサと離れて暮らすなんて想像したこともなかったから、ぼくはかつてないショックを受けた。

ともあれ、チサが遠くへ行ってしまって、父さんと二人だけになった四年間は、とても濃密な時間だった。ぼくと父さんが助け合って、支え合って、お互いを親友だと感じて過ごした時間だ。

父さんはいつも顔色が悪くて、いかにも不健康だった。医者なんだし、いくらでも若さを保つための方法は知っていただろうけれど、やろうとはしなかった。チサがいなくなったころにはもう、嫌な咳をしょっちゅうしていたし、足を引きずって歩き、動物の世話もたいへんそうだった。だから、ぼくが代わって動物たちに餌をやり、檻を掃除した。父さんはいっしょに来て、すまんなと言いながら簡単な仕事を手伝ってくれた。もしかしたら、むしろ若さなんか保つまい、と決めていたのかもしれない。

いまでもよく思い出すのは、ベンジャミンが逝った日のことだ。

ベンジャミンは、ぼくと同じ年に生まれたらしい。それが長生きなのか短命なのかわからないけれど、ぼくが二十歳の誕生日を迎える直前に、ベンジャミンの具合は本格的に悪くなった。衰弱して、喘ぐような声を漏らす姿を見るのはしのびなかった。軟らかく、食べやすくした合成肉入りのスープを作ったのに、日に日に食べる量が減っていった。

「どうした?」

ぼくは混乱して父さんにたずねた。

「お別れだな。そろそろ。魂が尽きる。死ぬんだ」

父さんは答えた。

「やだ。助けて」

小さいころから毎日のように会っていたベンジャミンが逝ってしまうことに、ぼくはすさまじく動揺した。

「父さん、なんとかして。クスリは？　注射は？　ベンジャミンはもう、自分じゃ、だめなんだ」

「わかってる。もう、おしまいだ」

「父さん、なんで助けないの。苦しそう。止めてあげて」

「いま、ベンジャミンを撃ち殺せば、苦しみは終わる。おまえはそうしたいのか？」

父さんは、どこか虚ろな目をして、そんなふうに言った。ぼくはそうしたいのかどうかわからなかった。

「クスリをあげて。銃よりいいでしょ。痛くないし」

しばらく父さんは考えていたけれど、

「やめておこうよ」

と言った。

そして、ベンジャミンを檻に寝かせたまま家に戻り、ぼくは誘われるままに父さんの書斎に入った。

そこは父さんの聖域で、小さいころには入ってはいけないと言われていた。べつに危険なものがあるわけではなかったけれど、例の、薬物依存症者向けのインチキ処方箋を書いたり、そういう注文を受けたりするオフィスであり、子供が入り込んで楽しい場所でもなかった。じつは、入るなと言われれば入りたくなるもので、ぼくとチサは探検と称してそこに潜り込んだことはあったが、悪いことをしている後ろめたさのほかには、とくに得るものもなかったのだった。

父さんは、ベンジャミンの檻から書斎へ移動するときに、動物園の物置部屋にあった梯子をついでに持ってきた。何をするのかと思えば、壁を埋める棚に、その梯子を立てかけて、高いところにある何かを取って下ろした。

「何?」

「本だよ」

そう、父さんは言った。

「ずいぶん大きいね。そして重いね」

「そうだね。でも、古い情報を得ようとすると、昔の本を見つける必要があるんだ」

「あ、ベンジャミン!」

ぼくは父さんが見せてくれたその古い本を見て叫んだ。そこには、口を大きく開けてあくびをするベンジャミンの姿があったからだ。

「ユーゴ、今日は父さん、おまえに話をしようと思うんだ。いつか、話さなきゃと思っていたんだ。おまえは知る必要がある」

もったいぶった話し方に、ぼくは少し身構えた。その本を一冊抱えて、ぼくと父さんは居間に戻った。

暖炉に火を入れて、父さんはチョコレートを温めた。ぼくはマグカップを受け取って、肘掛椅子に腰を沈めた。父さんは、話し出した。

「父さんは若いころ、夢を持ってた。遠い、遠い昔にいなくなってしまった生き物を、呼び起こしていっしょに生きたらどうなるんだろうという、儚(はかな)い夢を見たんだ。父さんだけじゃなくて、そのころには仲間がいてね。日々、議論を重ねたんだ。遠い記憶を呼び起こすように、種を呼び起こすことの是非について」

「なんの話？　父さん？」

「ユーゴには初めての話でびっくりすることもあると思うよ。だけどいい機会だし、父さん、話したいんだ」

「いいよ。でも、わかるように話して」

父さんはうなずいて、唇を噛み、じっと燃える火を見つめた。

「ベンジャミンは、絶滅したフクロオオカミの博物館標本からＤＮＡを抽出して、再現を試みた復活種の最後の一匹なんだ」

「ベンジャミンは、何？　なんだって？」

父さんは、本を開いて、「フクロオオカミ」という項目を指さした。そこにはベンジャミンそっくりの動物の写真がいくつも載っていた。

「これ、ベンジャミンじゃないの？」

「違うよ。ベンジャミンと同じ種類の動物だが、そのものじゃない。昔、昔の写真なんだ。フクロオオカミという有袋類の動物で、二十世紀に絶滅した。かつてはオーストラリア全土とニューギニアの一部に生息していたんだけれど、ヨーロッパからの入植者が来るころには、タスマニア島にしかいなくなっていたそうだ。それでも、羊農家には天敵だったと言われていて、タスマニアに移住したヨーロッパ人たちは、大半を駆除した。その後は、原因不明の病気が流行して、とうとうフクロオオカミたちは絶滅に追い込まれたんだ」

「たくさんいたのに、みんな死んだの？」

「そう。十九世紀から二十世紀にかけて、動物園で保護していたんだけど、野生のフクロオオカミはいなくなり、やがて園で飼われていたものも死んだ」

「人間が殺してしまった？」

「病気もあったから、それだけではないだろうけど、人間が積極的に駆除しなければ、生き残っていた可能性も高い」

「酷(ひど)いね」

「そうだね。だから、父さんと仲間たちは、フクロオオカミのミトコンドリアDNAを博物館の標本から採取した。わかるだろう。フクロオオカミの遺伝子情報を分析して、よく似た動物のゲノムを編集して復活させたんだ」

「復活？」

「そう。ベンジャミンは、絶滅から再生したフクロオオカミなんだ」

「ベンジャミンは、フクロオオカミなの？」

「そう」

「ベンジャミンは、あの子の名前？」

「そう」

「どうしてベンジャミンて名前にしたの？」

「フクロオオカミの写真を残したカメラマンの名前を取って名づけた」

「復活したフクロオオカミは、一匹しかいないの？」

「もっといたんだけど、うまく生き残れなくてね」

「どういうこと？」

「うまく環境に適応できなくて。ベンジャミンは比較的うまくいったんだけど」

「じゃあ、ベンジャミンは絶滅したフクロオオカミを復活させた、復活フクロオオカミの最後の一匹ってこと？」

「そういうことだ」

「じゃあ、フクロオオカミは二度目の絶滅をするってこと？」

「そういう言い方もできるけど、いつでも復活は可能だから」

「どういう意味？」

「遺伝子情報があれば、いつでも復活させられる。もちろん、もっといい環境を準備することは必要だけど」

父さんはなんだか話しづらそうになった。ぼくは、何かが変だと感じていた。少し、父さんを睨むみたいな顔もしていたと思う。

「じゃあ、ちょっと復活させるためにだけ、ベンジャミンを復活させたってこと？」

「うん、まあ、その」

「そんなのって、やっていいことなの？」

父さんはにわかに後ろめたそうにした。

「復活には意味があると思ったんだ」

「どんな意味が？」

「それは」

父さんはとうとう黙ってしまった。何かを思い出したみたいだった。

答えが返ってこなかったので、ぼくは「本」をもう一度開いて見てみた。そこには、一度絶滅した動物たちがたくさん出ていた。

ワライフクロウ、オオツギホコウモリ、ヤブサザイ、ゴクラクインコ――。

ぼくは、もう一度、フクロオオカミのことが書いてある章に戻り、フクロオオカミの絶滅について書かれた箇所を読んだ。

――タスマニアにヨーロッパ人が入植してから、最初に絶滅したのはタスマニア島固有のエミューでした。次に姿を消したのが、タスマニアン・アボリジニの人々で、それから犠牲になったのがフクロオオカミだったのです。

「おまえの言うことはわかるよ」

と、父さんは突然、口を開いた。

「父さんも、そう思ったんだ。迷いが生じたんだ。復活させることの意味が、よくわからなくなった。おまえを、復活させることの意味が」

そう言って、父さんはベンジャミンそっくりの写真を見つめた。そのまま、夢の中に入り込んだような目をして、父さんはまた静かになった。ときどき頭を振って、違うんだ、違うんだと言ったりした。様子が少しおかしかったけれど、ぼくのほうも、それどころじゃなかった。

父さんの感傷とは無縁に、別のことに気持ちを逸らされていて、すごく居心地が悪くなった。チサが行ってしまって以来、ときどきぼくを襲う過呼吸がやってきて、肩を強く上下に揺らして必死で息をした。

「どうした、ユーゴ？　だいじょうぶか？　ほら、落ち着いて。ゆっくり鼻から息を吸って、口から吐いて。繰り返してごらん。だいじょうぶか？」

父さんはぼくの背を撫（な）でながらそう繰り返した。喘ぎながらも、頭の中の疑問は去らなかった。ねえ、父さんは、父さんたちの仲間は――。

「父さん、たちの、仲間は、なぜ、復活、させなかった、の？」

ぼくは、きれぎれにそうつぶやいた。

「ユーゴ。無理に話そうとするんじゃない。落ち着いて。呼吸に集中しなさい」

ぼくは、ふぅーっと大きく息を吐いてからたずねた。そのときの父さんのびっくりした顔を忘れることができない。

「父さんと仲間たちはなぜ、タスマニアン・アボリジニの人間を復活させようとしなかったの？　もし、ヨーロッパ人が入植したことで絶滅してしまった種を復活させるのなら、どうして人類にしなかったの？　標本が見つからなかったの？　なぜフクロオオカミだったの？」

父さんは目を大きく見開いて、まるでぼくの言葉が理解できなかったかのように混乱した表情で首をゆらゆらさせた。

「人類？」

そうつぶやいて、ぼくの顔をまじまじと見つめた。そして独り言みたいに、セイメイリンリとかセカイジンコウとかいう言葉を口にしたけど、もごもごしてよく聞き取れなかった。それから、裏返ったみたいな妙な声を出して、

「おまえはネ」

と、言った。

「何？」

「おまえはネ、おまえはネ」

「だから、なんなの？」

「だからネ」

そう続けてから、何か説明しようと試みたけれど、父さん自身も頭が混乱してきたらしく、書斎の机の引き出しから錠剤を取り出して水も飲まずに呑み込んだ。

それから、やっぱり机の引き出しから透明な液体の入った瓶を取り出して、蓋を開けて喉に流し込んだ。もちろん、水でないことはあきらかだった。ぼくは父さんが書斎で何をしていたか知ることになった。健康的でも、アンチエイジング効果のあるものでもないってことは、一目瞭然だった。父さんは、あの入れ墨の男と同じような目になった。

「ベンジャミンのところに戻るよ」

ぼくは一人でその場を離れて、檻に向かった。

日が傾いて、夕闇が迫ってくる時刻になっていた。

ベンジャミンは静かに息絶えた。

フクロオオカミは、二度目の絶滅をしたのだった。


その後、父さんは何度か、ぼくを書斎に呼んで何か話そうとした。だけど、いつも上手に話せずに終わった。クスリの量が増えていくので、ぼくはとても心配した。

以前にも増して父さんは外に出なくなったので、動物の世話はぼくだけがやることになったけれど、そのころはもう、動物もあまりいなくなっていた。ベンジャミンのいない動物園は、もはや動物園ですらなかった。鳥たちが巣を作る高い木のある場所の、ケージの金網はいつのまにか壊れていた。鳥たちは、それでもその木が気に入っているようで、完全に飛び去って行ってしまいはしなかったのだが、そいつらが最初に父さんがケージに入れた鳥なのかどうかさえ、ぼくにはよくわからなかった。適当に餌を撒いて、鳥たちがつついたり運んだりするのをぼんやり見ていた。動物たちのいなくなった檻には木の葉や埃が溜まるので、それを掃除するのだけが仕事になった。

ぼく自身は、家より外にいることのほうが多くなった。父さんと同じ家にいるのが気づまりだったし、もともとじっとしているのが好きではなかった。チサがいなくなってからは、勉強もあまりしなかった。動物園の檻の掃除が終わると、人っ子一人いない田舎道を散歩して、森の中を、木の実を拾いながら歩いたり、川まで行って泳いだりした。泳ぎは、誰に教わらなくても得意だった。清流の魚を獲るのも楽しかった。

父さんとあまり話さなくなってから、ぼくはいろいろなことを考えるようになった。たとえば、どうしてぼくだけ、学校に行かなくてよかったんだろうとか、どうしてぼくはチサと父さん以外の人とほとんど口をきいたことがないんだろうとか。

チサが家を出るときに、ぼくに一人でちゃんと勉強するようにと言って、あれこれ教材を教えてくれたのだけれど、ちっともやる気になれなかったので、何一つ手をつけていなかった。けれどそれらにも興味が湧いて、通信のクラスをいくつか受講することになった。もちろん、家の中はなんとなく窮屈で苦手だったから、ガジェットを腕に巻きつけて出かけていき、森や原っぱで一人きりでクラスを受けた。

しだいに、ぼくはいくらかの教養を身につけることになった。宇宙の成り立ちやら、人類や動物たちの長い、長い歴史についても学んだ。父さんは、ぼくがそんなことに関心を持ち始めたことに驚いていたが、しばらくしてホモ・サピエンスの進化の歴史の本を貸してくれた。

ヒト属とチンパンジーの祖先が分岐して、アウストラロピテクスがどうして、ホモ・ハビリスがどうなって、ホモ・サピエンスとホモ・エレクトスの共通祖先がまたまた分岐して、ホモ・サピエンス・イダルトゥは絶滅して、ホモ・サピエンス・ネアンデルターレンシスも絶滅して、約二十一万年前に誕生したアフリカ人祖先集団に由来するのが、すべての現生人類だとか、そういった話だ。

「いつか、またゆっくり話そう」

父さんはそう言ったけれど、結局何かをきちんと話してはくれなかったようだ。そして、ぼく自身も、重要なことを読み落としていた。父さんはおそらく、話さなくてもぼくが気づくことを期待していたのかもしれない。でも、チサが帰ってくるまで、結局、何も知らなかった。チサはぼくの先生だった。小さいころから、ずっと。

あの日、自動運転の車がやってきて、顔中にピアスをした入れ墨だらけのウーキーが父さんの書斎に入るのを見た。ぼくはそのまま動物園に仕事に出かけた。驚いたのは、ひょろひょろのウーキーが、よろめきながら走って動物園にやってきたことだ。

「おい、おまえ！　おい、おいったら」

ウーキーは怒鳴った。

ぼくは反応できずに固まって立っていた。男は近づいてきて、ぼくの肩に手をかけて揺すった。

「おいってば。どうすんだよお。おまえの父ちゃん、死んでんぜ」

何を言ってるんだろう、この人はと思いながら、そのひょろひょろした男に手を引っ張られて走ることになった。といっても、いつのまにかぼくは彼を追い抜いて、先を走っていたのだけれども。

息を切らして追いかけてきた入れ墨男は、気の毒そうに顔をクシャクシャにした。

「やりすぎなんだよ、おっさん。気をつけろって言っといたのにさ」

父さんは、書斎のソファの上でうつぶせになっていた。クスリと、空いた酒瓶が転がっていた。

「父さん。父さん！」

「揺すっても起きねえよ。俺は何度か見たことがある。オーヴァードーズだよ。なんだってこんなことになるんだ。アホか。医者だろ、おまえの父ちゃんは。適量を考えろって、いっつも言ってやってたんだぜ、俺」

ぼくは呆然（ぼうぜん）として立ちすくむばかりだった。何が起こったか、まったくわからなかったのだ。オーヴァードーズなんて言葉も知らなかった。ぼくは、何にも知らない、純粋培養の田舎の自然児だったのだ。父さんがクスリを飲むのは病気のせいだと思っていた。何の病気だかも知らなかったけれど。

「ちくしょー、どうすりゃいいんだ。俺はこの先、どっからブツを手に入れればいいんだ？」

そう言うなり、ウーキーは壁に頭突きをした。ひどく腹を立ててるみたいだった。

「健康には気をつけて長生きしてくれって、俺、さんざん言っといたのによ。医者の不養生って、こういうことを言うんだろうな」

ウーキーは、ぶつくさ言いながらそこらじゅうの物を蹴飛ばした。それからぼくに食ってかかった。

「おまえ、いっしょに暮らしてて気づかなかったのか。少し、頭が弱いのか。まあ、そうかもな。おまえ、学校も行かなかったしな」

突然、涙が出てきて、ぼくはその場に座り込んだ。父さん、父さん。何が起こったの、父さん。聞いてないよ、こんなこと何も。ぼくは父さんに何も聞いていなかったよ。

ぼくが泣き出すとウーキーは静かになった。そしておずおずとぼくに近づき、背中をさすり、父さんの引き出しから透明な液体の入った瓶を取り出すと、転がっていたコップを取り上げて液体を注ぎ、ぼくに差し出した。

「何?」

「ちょっと飲め。落ち着く。俺も少しもらう」

ぼくとウーキーは床に座り込んで、コップの中のアルコールを分け合った。ひどい気分だった。でも、初めてのアルコールは、そのときのぼくには必要なものだったみたいだ。ウーキーはしばらくそこにいてくれて、ぼくの涙が止まると立ち上がり、何をすればいいかを全部教えてくれた。

「俺がいなくなる。いいか、そこんところ、大事だかんな」

ぼくは慎重にうなずいた。

「俺がいなくなって、正確に二時間経ったら、警察に連絡しろ。俺が来てたってことは言っちゃだめだ。いろいろと、問題があるからな。おまえが小屋から家に戻ってきたら、父ちゃんがこうなってたと言うんだぜ」

「コヤ?」

「鳥小屋だよ。おまえの。とにかく、俺が来てたとか、俺がどんなにおまえに優しかったかとか、言いたくても言っちゃだめだぜ。大事なことだから二度言う。俺が優しいってことを、誰にも言っちゃだめだ、わかったな」

ぼくはうなずいた。ウーキーは、それでよし、とつぶやいて続けた。

「それからおまえ、姉ちゃんに連絡しろ。葬式とか埋葬なんかのことは、姉ちゃんといっしょに警察の誰かに相談するといい。親戚がいるのかどうか知らないけど、そういうことは姉ちゃんが知ってるだろう」

「ありがとう」

ウーキーは礼を言われたのがよほどうれしかったのか、目をつぶって上を向き、両拳を握り締めて二、三度振った。

「気にするな。俺にできるのはこれくらいだ。いいか。二時間経つまで何もするなよ。わかってるな」

「わかってる」

「気をしっかり持てよ。誰でも死ぬんだからよ」

それだけ言うと親切なウーキーは、一目散に去って行った。

二時間後に、警察を呼んだ。警官が二人やってきた。

死因に不審な点があると、捜査した警官が言った。もう一人の警官が、ウーキーの写真を見せて、この男を知っているかと聞いたから知っていると答えた。ウーキーがぼくにどんなに優しかったかは、言いたかったけど黙っていた。二人の警官はお互いの目を見てうなずき、敬礼をして帰った。

チサは、ぼくが連絡するとすぐに帰ってきた。ぼくらは警察の人に教えてもらって、フューネラルサービスに連絡を取り、父さんの簡素な葬式をして、動物園に埋葬した。葬式では泣かなかったけど、埋葬のときは二人とも泣いて、しばらくめそめそして過ごした。ベンジャミンの檻の中に、父さんの立派な墓を建てた。

埋葬から少し経ったある日、チサが川に行こうとぼくを誘った。

「ねえ、昔はよく、二人で泳いだよね！　久しぶりじゃない、いい天気だし」

あんまりめそめそした日々だったから、ちょっと気分転換をしたかったのかもしれない。

子供のころは、チサは泳ぎが下手でいつもぼくの腕にしがみついて離れなかった。あいかわらずカナヅチのチサは、その日もぼくから離れなかった。

チサはきれいになっていた。

そしてぼくは、ぼくがチサよりずっと背が高く胸板が厚いことに、いまさらながら気づいた。そして、ぼくに向かって笑いかけたチサの目が真っ赤で、水に濡れてわからないようにしていたけれど、ほんとうはそのときも泣いていたに違いないことにも気づいた。

ぼくはチサを川岸まで抱いて運び、タオルで体を包んで、それからまたひょいと抱き上げた。彼女はとてもとても軽くて、運ぶのは簡単なことだった。

「やめて。おろして。おろしてよ！」

腕の中でそう叫んだけど、笑っていたから、嫌がっていないことはあきらかだった。笑わせることができるのはうれしかった。ぼくは彼女を抱いたまま、走って家に戻った。チサはずっと、笑い続けていた。泣いていたことなんか、忘れたかのように。

チサはそのまま、大学には戻らなかった。

大学での勉学には失望していたとか、つきあっていた男と別れたとか、むしょうにホームシックになったとか、あんたを一人にしておけないとか説明されたけど、いちばん大きかったのは、チサが大学のある街からそう遠くないところに別の家庭を築いて暮らしていた母親に会ったことじゃないかと思う。

「母さんに会った」

二人でとる何度目かの夕食の席で、チサがそう言った。

「それで、父さんは、ユーゴにどこまで話したの？」

「何を？」

チサは眉間にしわを寄せ、

「よしてよ、父さん、結局、何もかもわたしに押しつけて逝っちゃったわけ？」

と、食卓に置いた遺影に向かって悪態をついた。

「チサ、どうしたの？」

「やんなっちゃう。ほんとに父さんて、めっちゃくちゃ無責任な人だよ」

それから唐突にチサは、ホモ・サピエンスの歴史について語り始め、ぼくはいささか混乱した。

また、あの話か。何かを話そうとすると、どうしても一億年前あたりから始めずにはいられないというのは、この父娘に共通する人としての欠陥ではあるまいかと、ぼくはちらっと思った。

ヒト属とチンパンジーの祖先が分岐して、アウストラロピテクスがどうして、ホモ・

ハビリスがどうなって、ホモ・サピエンスとホモ・エレクトスの共通祖先がまたまた分岐して、ホモ・サピエンス・イダルトゥは絶滅して、ホモ・サピエンス・ネアンデルタ−レンシスも絶滅して、約二十一万年前に誕生したアフリカ人祖先集団に由来するのが、すべての現生人類で、云々。

ところが、ちょっと違ったのは、チサの話が現生人類の祖先の出現から石器や青銅器や農耕の歴史なんかに移っていかず、ひたすらネアンデルタ−ル人の話に集約されていったことだ。

「ネアンデルタ−ル人は、だいたい五十万年から三十万年前には地球に出現していたと言われてて、絶滅したのは二万数千年前。三十万年くらいの間、ほとんど変わらない、狩猟、採集生活をしていたと考えられてるらしい。かつては、現生人類の遠い祖先と考えられていた時期もあったけど、いまではそうじゃないってことになってる。そんなに数は多くなくて、二万人を超えることはなかったんじゃないかって。ただ、ネアンデルタ−ル人のいた時期と現生人類の祖先が出現した時期は重なっているから、交配した可能性が高いらしい。アフリカにとどまった現生人類の子孫には見られないんだけど、ヨ−ロッパ人やアジア人には約三万年前に交配したネアンデルタ−ル人の血が一から四パ−セントくらい、受け継がれてるんだって。それはまあ、いいんだけど」

チサはここでまた、眉をきゅっと寄せた。

「父さんてば、若い医学生だったころ、『絶滅再生サークル』っていう、奇人の集団みたいなのに入ってて、こっそり標本からDNAを採取して復活させたの」

「ベンジャミンだね！」

ぼくは弾かれたように体を起こし、チサの話を遮った。

チサはぼくを静かに見つめ、それからぼくの手を取り、噛んで含めるような口調でこう言った。

「あんたをだよ」

チサが何を言っているのか理解するのには、数週間かそこらかかった。いや、いまでも、どこかでぼくの理解を超えているところがあることは否定できない。

父親が、奇人の集団みたいなヘンなサークルに入っていて、絶滅した動物を復活させるという夢にとり憑かれて、結婚して娘ができてもその妙な夢から離れがたく、実験室で培養した胚を妻の子宮に移植し、ネアンデルタール人を復活させたなんて話、誰が信じる？


あれから十年以上が経ってしまって、ぼくとチサはまだ父さんの家で暮らしている。

チサは大学で都会の生活を見て、すっかり嫌になったんだそうだ。

「大学のラボには、ユーゴの卵みたいなのがいっぱいある。ありとあらゆる生物のDN

Aを保管してて、いつでも再生できるようにしてる。『復活』なんてわざわざさせなくても、やりたい研究はできるようになってるの」

　自分が自然の営みに反した、生まれてはならない存在だったんじゃないかと悩んだ時期もあったけど、チサは、

「この世に生まれてはならない存在なんかない」

　と、はっきり言う。

「父さんが、ユーゴを生み出した行為が正しかったかというのと、あんたが生きているのが正しいことかっていう問題は、別々に考えないとね」

　ぼくは、チサほど割り切って考えることができないけど、その代わりにあまり悩まないことにした。いま、考えているのは、ぼくが復活したネアンデルタール人を再度絶滅させるべきかどうかってことなんだけど、チサはそれも考えなくていいと言う。

「成り行きにまかせてりゃいいのよ。どっちにしたって、現生人類のかなりの人の遺伝子に、一から四パーセントの影響が読み取れるんだよ。パーセンテージが増えてどうなるかなんて、それこそ自然にまかせときゃいいんだって」

　そういうことで、ぼくらは目下、成り行きにまかせているところだ。

ふたたび自然に戻るとき

　オフィスは湖岸に張り出すように建っていた。

　六つの角を持つ建物は、中心にエレベーターが設えられていて、どの部屋からも湖に映る空の色が見える。ミラーガラスが嵌められているので、室内から戸外は見渡せるが、戸外からその建物を見ると、やはりその湖の姿がそのまま映し出される形になっていた。湖面は陽の照り返しでいくつもの光を放っている。

　中州に一羽の鷺が舞い降りたのを見て、ホン・レナの目は湖から離れなくなった。

　なんて静かな、なんて美しい風景なんだろう。

　一階の受付で、指定された通りにインカムに名を告げて待つ間、鷺が哲学者のような横顔で足を伸ばしたり折ったりするのを、レナは静かに眺めていた。

「お待たせ」

　そう、後ろから声をかけられて、レナは我に返って振り向いた。レナと同じ、会社のロゴ入りのネームプレートを胸につけ、両手にマグカップを持っていた。「Rena」と自分のプレートには書いてあったが、彼女のほうには、「Fatima」とあった。

「配属は初めてなんでしょう？」

ファティマは大きな目をくりくりさせて、親しみやすい表情で笑った。

「グッド・ラック、新入社員！」

レナは、どういうリアクションをしたらいいのかわからず、瞬(まばた)きを繰り返したが、ファティマは気にした様子もなく、

「ここの研修って、別にたいした仕事はないの。適当にこなして、研修期間中にいくつか建設的な企画のアイディアが出せたら言うことなし」

と、今度は冷めた口調で言った。

「建物の管理作業と聞いていますが」

「管理というより、監視だけど、モニターをずっと眺めている必要はない。音楽聞いてても、映画見ててもいいし。座ってるだけだと体に悪いから体はしっかり動かして、ランチタイムはきっちり一時間取って、その間は外に出て。天気のいい日はね」

前にオフィスの様子を映した紹介映像を見たことのあるレナは、たしかにここで働く人のほとんどがスポーツウェアを着ているのと、やたらあちこちにスポーツ用具が置いてあって、人々がデスクワークをしているというよりジムワークをしているように見えることに気づいてはいた。

「あなたの勤務は朝の十時から午後四時まで。その後は、社内のジムで一汗かくといいかも。わたしはいつもそうしてる。水辺を歩いたところにあるイタリアンレストランはわりとおいしいから、いっしょに行きましょうね。勤務時間内に二回、録画を早回しでチェックするのは忘れないで。でも、とくに何事も起こらないから。まあ、退屈な仕事といえばいえるかも」

「でも、すごくいいロケーションだし」

「そうね。それがここの唯一の自慢。だからモニターより外を眺めるほうがおすすめ」

ファティマはカップを一つレナに手渡し、顎をくいっと横に向けて、ついてこいという意思表示をした。中身はコーヒーで、よい香りがした。レナは彼女がしているように、歩きながらカップに唇をつけてみたが、こぼしそうなのと唇を火傷しそうなのとで、あわてて口元を拭い、あとはただカップを水平に持つことだけを考えて、後に続いた。

エレベーターで八階まで上がると、パーティションで仕切られたいくつかのブースがあり、それぞれに働いている人がいて、ファティマが声をかけると明るく「ハーイ」と手を振ったり、「最近、どう?」と声をかけてきたりした。ファティマは目をぐるぐる回しながら変な顔をして笑わせたり、「まあまあね」とか「悪くはないですよ」とか、相手のキャラクターに応じて返事をしながら、いちばん隅のブースへとレナを案内した。

「ここが、あなたの場所」

ファティマが丸い大きなボールに目を向けてから、座れと指示するように指を動かしてみせたので、レナはおずおずと腰をかけた。一瞬沈んでから体がぼわんと浮き上がり、手に持ったカップのコーヒーが波打つ。

広々した窓と垂直に面したブースの壁に、大きなモニターが六台設えてあり、そのうち五台がそれぞれ四つの升目を作って監視カメラの映像を映し出していた。一つだけフルモニターの映像があり、それは何分かごとに切り替わるようだった。隅に埃の溜まった廊下と、落書きの跡のうっすら見える各戸のドアが映る似たような映像がいくつかある中に、ふらっと何かが動くのが見えたので、レナはちょっと息を吞んだ。

「あ、これね。たとえば、こうすると画面が切り替わる」

ファティマはその画面をフルモニターに映し出した。

廊下を人が歩いている。監視カメラは古いものらしく、粗い画像の中に、少し前かがみになってゆっくり歩を進め、並んでいる居室の一戸のドアを開けてそこに入って行くやせ細った人影が見えた。

ファティマは隣にある補助椅子のような背の高い丸椅子にどっかりとお尻を乗せて、コーヒーを一口飲んでから、レナに語りかけた。

「無人だって聞いてた？」

「長いこと使われていない建物だとだけ。あまり詳しいことは」

「うちが管理してる廃墟マンションはここだけじゃないけど、どこもまあ、似たりよったりで、居住者はゼロではないの。ただ、権利関係ははっきりしないことも多くて、管理を依頼してきた会社も、そこはもうあきらめてる」

「あきらめる？」

「だから、権利関係をはっきりさせて、家賃を取るとか、設備費や維持費を回収するとか、あるいは売買にかかわるとか、そういうことからはもう何年も、あるいは十何年も前に手を引いてる」

レナはちょっと顔をこわばらせた。新入社員の仕事として、「廃墟マンションの管理」というのは、どうなんだろう。

ファティマは気にする様子も見せずに続けた。

「でも、住んでる人はいることはいるの。だから、ライフラインは最低限、切ってない。もちろん、エレベーターはずっと動いてないけど」

「エレベーター、動いてないんですか？」

「乗る人、いないもの」

「だけど、さっきの、最上階でしたよね」

「居住者がある階は」

と言いながら、ファティマはコンピュータ上の点滅を指さした。

「五十一階、五十階、四十九階、四十二階かな。侵入者があったりする場合は、ここに点滅が出るから、そうしたらモニターを切り替えて、問題があるときは対策部署に連絡します。でも、まあ、ないから安心して」

「ないっていうのは」

「不審者の侵入。ここが廃墟になり始めたころ、二十年くらい前かしらね、そのころはスラム化の問題があったらしいけど」

「スラム化！」

「居住者や所有者が高齢化して、建物は老朽化するのにメンテナンスをする意欲も財力もない。気がついたらスラム化して無法地帯のようになっていて、手がつけられないという時期もあったみたい」

レナは眉をひそめた。スラム化した廃墟マンションの管理って、いったい何をすればいいというのか。

「だから、心配しないで。それはもう過去の話。ある時期を越えたら変化して、外部からの侵入者はほぼいなくなった。何しろここは区分Dだし」

ファティマがさらりと言ってのけたので、レナはさらに驚愕した。

「区分Dなの？　区分Dに、人が住んでるんですか？」

「住んでる。見ての通り」

「住んでもいいんですか？」

「よくはないんでしょうけど、本人たちが出ていかないんだからしょうがない」

「だいいち、区分Dの建物って、ほとんど倒壊したのかと思ってた」

「地面が隆起したり、液状化があったところでは、微妙に傾いてるのもあるし、ガラスが割れたり、隠れてた配線がむき出しになったりしてるところもあるけど、倒壊はしてない。耐震性ばっちりの建物だもの。滅多なことでは倒れない」

「そうなんですか？」

「そうよ。まあ、その後もメンテナンスをしてないから、いろいろ危ない部分はあるけど。それよりもね」

そう言うと、ファティマは丸椅子を下りて手を伸ばし、機材を操作してモニター画面を切り替えた。大きな画面には突然鬱蒼（うっそう）とした樹々（きぎ）が立ち現れた。

「え？　これはどこ？」

レナは驚いてモニターを凝視した。

「一階のエントランス」

「どういうことですか？」

「いやだ、なんにも聞いてないの？」

「何をですか？」

「もう少し、説明してから寄こすもんだと思ってたわ」

ファティマは大きな目をくりくりと動かしてから、もう一度丸椅子に戻って落ち着いた。

「ずいぶん前から、再自然化が始まってるのね」

「サイシゼンカ？」

「ほったらかしておけばね、ふたたび自然に戻るときが来るわけ。再、自然、化ね」

「はあ」

「この建物は、二〇〇〇年代に建てられたものなんだけど、その当時の流行で、エントランスには高さ十メートルのガラス張りアトリウムが設えられたの。そこには木が植えられていて、ウインターガーデンになっていたのね。この建物は最上階にも庭園がある。どちらも誰も手入れをしないうちに植生もある程度は変わったりして、とにかく勝手に増殖した植物が覆いつくしてるわけ」

「ガラスがどこに？」

「見えないけど、あるはず。あるいは、割れてるものもあるでしょうし。足を踏み入れていないのでよくわからないけど、虫とか鳥とか小動物の姿も見られるそうです。でも、ネズミやハクビシンやタヌキは、もういないみたい。食べるものもないし。空を飛べる生物は自由に飛来するようだけど。あるいは土や木にもぐるものとかは」

「なんだか、見た目、ジャングルみたいですね」

　ファティマは手元をもう一度操作した。

「え？　これは？」

「こっちが屋上庭園」

「なんにも見えませんね」

「屋上のカメラを植物が覆ってしまって。冬だともう少し見えるんだけど」

「庭園というより、森みたいな感じ」

「そうなの。何が生息してるか知れやしない」

「調査なんかは？」

「しない。意味ないもの」

「意味、ない、と」

「どこかの奇特な研究者か誰かがしたければするかもしれないけど、そんな研究、お金出すとこないでしょう。どっちにしても区分Dなんだしね。手入れしたってしょうがないじゃない。とにかくモニター画面をチェックして異常ないことを確認すれば、それでよし」

「でも現状が把握されていないのなら、異常がないかどうかもわからないのでは」

「細かいこと言うねえ。気にしないでいいんだって。当然、定期点検ロボットは入っているので、そういう意味では『調査』がゼロなわけじゃないしね。ただ、極端な話、不審者がいたとしても、それでその施設から何かが盗まれたとしても、問題にもならないはず。うちは、そういう契約をしている」

「でも、上階に人が住んでるんですよね。その人たちに何かあったら。あ！　だいいち、その人たちはどうやって生きてるんですか。エレベーター動いてないなら、外にも出られないわけでしょう」

「上下水道や電気の供給といった最低限のライフラインは生きているし、ドローンの宅配があるから、なんの問題もない。そうそう、念のために言っておくけど、うちが管理しているのは建物であって、居住者ではないので、居住者がたとえば病気やケガなどの問題を抱えたとしても、それは居住者やその後見人がなんとかすることで、うちがかかわるべきことではないから。覚えておいて」

「廊下に人が倒れてたら？」

「まあ、見つけてしまったら報告して。ほぼないことですけどね」

レナは半分納得いかないような気持ちでうなずいた。

「ねえ。ここでの新人研修なんて、たかだか二週間でしょう。余計なことを考えずに、適当にこなすのがいちばんよ」

ファティマは説得するような口調になった。

「モニターばかり見ていると、目や体に悪いだけじゃなくて、精神的にもストレスだから、できるだけ戸外を見るようにすること。これは絶対おすすめね。じゃあ、よろしくお願いします。何か質問があったら、連絡して。もちろん、直接部屋を訪ねてきてくれてもいいからね。十一階の七番ブースにいるから」

そう言って立ち去りかけたファティマは、何か重大なことに気づいたように振り向いて、

「今日、お昼にイタリアンに行く？」

と聞いた。

レナは首を縦に小刻みに振った。

約束したよ、という意味なのか、ファティマは確認するように人差し指をレナに向けると、ちょっとステップを踏むような足取りで外に出て行った。

レナは戸外の湖に目をやった。

モニターの中の古びた廊下や埃の溜まった踊り場、植物が絡み合ったエントランスの鬱蒼とした暗さとは対照的に、湖は空を映して碧（あお）くきらめいていた。

なんだか違う星の映像みたいだ、とレナは思った。

昼時に、ファティマが誘いに現れた。

声をかけられて振り返ると、ファティマともう一人、背の高い女性がレナのブースの入口に立っていた。

「イタリアンレストランに行こうと思って。人数が多いほうが楽しいじゃない」

そう、ファティマは言い、その女性をガガ、という名前だと紹介した。ネームプレートには「Gaga」と書かれていた。

建物の外に出ると、湖畔には煉瓦を敷いた遊歩道があって、手入れされた花壇もあり、気持ちのいい風が吹いてきた。イタリアンレストランは、遊歩道を五百メートルほど歩いた先にある二階建ての建物で、湖に面したテラス席は満席で、三人は屋外で少し待たなければならなかった。

湖畔にまた鷺が降りてきたのを見て、レナは目を細めた。

こんどの鷺は二羽だった。ひょっとしたら番いなのかもしれない。羽を閉じて、互いに首を下げたり上げたりして、文字でも描くような動きを見せた。

ようやくテラス席に案内された三人が、運ばれてきたミネラルウォーターで喉を潤すと、ガガがレナにたずねた。

「鷺が好きなの？」

レナは唐突さに驚いて答えに窮した。

「鷺を見ていたじゃない？」

と、ガガはもう一度言った。

「好きっていうほど、鷺のことを知っているわけじゃなくて。ここに来て、湖に降り立つ姿を見て、すごくきれいだなと思って」

答えると、さもありなんと言いたげに、ガガは大きくうなずいた。

「たしかに美しい。そしてきっと、頭のいい鳥なんだろうな、と思わない？」

「頭の、いい？」

レナが口ごもると、横でファティマが静かに頭を左右に振った。

「ガガは鳥好きなの。鳥のことを話すと長いよ」

いいじゃない、とガガは笑って先を続けた。

「鷺は絶対に賢い鳥だと思う。まあ、鳥はたいてい頭がいいものだけど。能に『鷺』って演目があるんだけど知ってる？」

ノオ、という芸術があることは知っていても、映像ですら見たことのなかったレナは、いいえ、と答えた。

「古代の日本が舞台のストーリーでね。帝(みかど)がどこか風光明媚(ふうこうめいび)な場所に夕涼みに出かける。水辺に白鷺が舞い降りたのを見て、それを捕まえるようにと、おつきのものに命じる。捕らえようとすると鷺が飛び立つのを見て、おつきのものが『帝の命によるものだぞ』と声をかけると、それを聞いたかのように戻ってくるの。その賢い態度に打たれて、帝はそのおつきのものと鷺の両方に、高い位を授ける。そして空に放してやるのね。能のみどころは、放された鷺の、喜びの舞なんだけど、きっとほんとうにあった話だよ、これ」

「ほんとうにあった話？」

変なことを言う人だなと思って、レナは笑いかけたが、ガガは意外に真顔で、

「もちろん、細部は違うんだろうけど、きっと帝と仲良くなって、高い位についた鷺がいたんだろうと思ってね」

と言った。

「いつごろの話なの？」

半分、呆(あき)れ気味にファティマがちゃちゃを入れると、ガガはきっぱりと、

「古代よ。うんと昔」

と言った。

「昔話なら、鳥だろうが兎(うさぎ)だろうが豚だろうが、なんだってしゃべるじゃない」

テーブルに注文したフレッシュサラダとキノコ入りのパスタが運ばれてきたので、さっさと取り分けながらファティマが反論すると、ガガはゆっくりと人差し指を左右に動かし、

「そう思ってるでしょ。だけど、それが作り事じゃないことは、ここ四十年くらいの間

に、劇的に研究が進んで証明されたの。鳥はほんとうにしゃべる。人間の言葉をしゃべる。こちらの言うことも理解するし、彼ら自身の言語も持ってる。器用に道具を使うだけじゃなくて、やり方を覚えればネジ穴からネジを引き抜くことだってできるのよ」

と言った。

「マイナスドライバーなしで？」

「プラスドライバーもなくても。嘴を使って上手に」

「すごいですね」

「でもね、鳥の賢さというのは、ただ、訓練すれば何かできるようになるっていうような、そういう、つまんないレベルじゃないのよ。もっとずっと、高尚で、崇高なものなの」

ガガは紙ナプキンで口元をちょっと押さえ、それから声を落とした。

「ねえ、廃墟マンションを管理してるんでしょう？」

レナはファティマと顔を見合わせた。

「レナは今日から区分Dのマンションを担当するの」

「区分Dの廃墟マンションといえば、有名な話があるじゃない？」

「有名な、話？」

レナが怪訝な顔をすると、横でファティマが小刻みに顎を揺らした。

「ああ、あれね。都市伝説でしょう?」

「都市伝説なんかじゃない。だって、そうじゃなきゃ、あり得ないでしょう、廃墟マンションから人が忽然といなくなる理由なんて」

「コツゼン?」

レナは二人を交互に見た。ガガは少し言いすぎたというような困った顔をしていて、ファティマは口を結んで眉間にしわを寄せていた。

「そういう話、やめてくれる?」

一呼吸おいてファティマはそう言って、それから運ばれてきたサーモンのグリルを口に運んだ。

「コツゼン?」

もう一度、レナは口に出してみたが、こんどはファティマの怖い顔がレナに向けられた。

「そんな、怒るようなことじゃないじゃない」

ガガはレナに向かって笑いかけ、なんでもないようにミネラルウォーターをごくんと一口飲んでから、あっさりと話し出した。

「何年か前だけど、廃墟マンションに一人暮らししていた老人が、カラスと友情を結んだっていう話がある」

ファティマも、もう止めようとはせずに、ちょっと肩をそびやかして眉をひくつかせ、それからまたサーモンにナイフを入れた。

「カラスと？」

「そう。一説によるとその男性は、在野の研究者で鳥の生態に詳しかったらしい。あるいは、若いときにレース鳩(ばと)を飼っていたんだとか、趣味でセキセイインコを育てていたことがあるんだとか、いろんな噂(うわさ)があるんだけど、ともかく一羽のカラスと仲良くなったの。カラスの知能がすごく高いことは、知ってるでしょう？」

レナも自分の皿のサーモンを切り分けながらうなずいた。

ガガの話を聞きながら、ふと、また湖のほとりを眺めると、番いの鷺はとうに飛び去っていて、湖面がきらきらと陽光を映して光った。

＊

「カーク先生！」

「はい、なんだね、アーウィン」

「お父さんがぼくを次の晩さん会に連れて行ってくれるって言ってました。先生も行きますか？」

カーク先生は大きな目をくりくりさせて、ちょっと首を傾(かし)げ、考えるしぐさをした。

「そうだね。先生も行くよ。お父さんはアーウィンを必ず連れて行くと言ったのかい？」

「はい。おまえも、もう大きいからねって。それでぼくはすごく楽しみなんです」

「そうか。このクラスに、ほかにタワーの晩さん会に行くものはいるかな」

「アーイ」

「アーイ」

「アーイ」

「アーイ」

「なんだ、ガーウィッシュもギーもアッコもケイもみんな行くのか」

「アーイ」

「先生は、君たちには少し早いかと思ったが、そうだな、そろそろ行ってもいいころか」

カーク先生はみんなのほうをはたと見つめると、感慨深げにため息をついた。

「でも、それなら行く前に少し知識を身につけておかないといかんな」

「そうなんです。お父さんが、晩さん会に行く前に、何を知っておいたらいいか、カーク先生に聞いてきなさいって。先生、ぼくたちはもう、ひな鳥ではありません。正しい知識を得るべき時機に来ています」

アーウィンは優等生らしくよい姿勢をとり、しかもかわいらしく首をひねって上目遣いで先生を見上げたので、カーク先生はとても感心した。

「そうか。わかった。それでは今日は我々の晩さん会の成り立ちについて、少し歴史的に振り返る授業をしよう」

そうしてカーク先生は、ちょっと不思議な話を始めた。

——昔、我々と彼らは、どちらかというと敵対していた。

我々は彼らを敵視したことなどなかったが、彼らがしばしば我々に攻撃をしかけてきた。彼らは驚くほど所有の観念が強く、すべてがみんなのものであることを認めたがらなかった。たとえば、時が来れば自然に甘くなる木の実は、誰のものだろう。水は？木は？　空は？　羽を休めるために止まる場所のいちいちに、所有権が必要だろうか？

我々は彼らとは考え方が違った。いまも違っている。我々はもっとずっと寛容だし、みんなのものをみんなでいつくしむ気持ちが強い。

しかし、多くの場所が、彼らの手で造成されたことは知っていたし、我々はそれを共有するにやぶさかではなかったわけだ。

そこに何かがあるならば、それとともに生きるのが我々の習いなのである。

彼らがあんなふうにタワーばかりを建てず、まだ地表にねぐらを作って暮らしていたころは、我々の生活ももっとのどかだった。

ある家の庭に柿が生ったといえば、頃合いを見て食べに行き、別の家の前に昨夜のご飯の残り物が出たとあれば仲間を募っておすそ分けにあずかりに行く。週ごとに、うまいものを出す家があり、季節ごとにおいしい実を実らせる家があった。都心には高級レストランが集中していて、どの店の食事も申し分なくうまかった。

我々は、彼らの道具を使うのも得意だった。

いまは、彼らのほうが我々の真似をして空にいろいろなものを飛ばしているけれども、以前彼らが早く移動するために使っていたのは、大きな鉄製の箱で、四つの輪を足代わりにしていた。あれはなかなか便利な代物で、我々がたとえば木の実の内側の柔らかくジューシーで脂分のある核の部分を食べるときには、彼らがあの鉄の箱を動かす頃合いを見計らって、四つの輪のうちのどれかの前に、木の実を転がしたものだった。

彼らは上手に箱を操縦して、木の実をぱちんと割ってくれた。

もちろん、親切心からやってくれたわけじゃない。彼らが鉄の箱を動かそうとするのを、我々が利用しただけの話だ。

そのようにして、我々は友好的な関係を作ろうとしたが、彼らは我々を捕らえようとしたり、追い払おうとしたり、あろうことか、食おうとしたことまであったのだ。

ああ、君たちを怖がらせるつもりはなかった。食うか、食われるかの関係というのは、自然界の理なのだ、諸君。必要以上に恐れる必要はないよ。ともかく、我々を食用にするというアイディアは、あまり追求されなかった。それは、我々と彼らの間の歴史にとって、まあ、よかったことと言ってもいい。

我々の中にも、彼らの頑なさや愚かしさ、鈍重さをからかってやりたくて、小さな子供が無防備に食べているものを取り上げてみたり、急降下して威嚇してやったりする者がなかったとは言わないが、いたずらの範囲内だった。我々が実力行使に訴えるのは、生物としての本能によって、自分たちの子孫を守ろうとするときくらいだった。巣に近づいて卵を落とそうとする卑劣な輩もいたのでね。しかし、それ以外は、距離と節度を保っていたんだ。

それなのに、彼らときたら、酷く光る輪っかを吊るして我々の目にダメージを与えようとしたり、遠くからでは見えない透明の紐を建物の柱と柱の間に渡して、羽を休めようと建物に近づいた我々の翼や脚を傷つけようとしたりしたこともあった。

そんな関係が変わり始めたのは、彼らが我々の言葉の研究に力を入れ始めてからだが、それだってもともとは、彼らが我々を騙そうという意図があったからにすぎない。騙して混乱させるために言葉やさえずりを真似るという技術はもともと、鳥のほうがずっと上手なのだから、彼らの「研究」の稚拙さはおのずと知れたものだった。

彼らが我々に対してようやく尊敬とか尊重という気持ちを抱くようになったのは、そうそう、このあたりに彼らがタワーマンションと呼ぶ高層の巣がやたらと建ち始めたのと似たような時期だったと言ってもいいかもしれない。それ以前は、彼らが愚鈍な仲間を呼ぶのに「トリアタマ」なる蔑称を使っていたくらいだったんだ。なんというもの知らず、なんという傲慢であることか！

彼らが愚かだったのは、自らを「霊長類」と呼び、「ホモ・サピエンス（賢い人）」と呼び、動物の知能に優劣をつけて、自分たちがそのトップに立っていると不遜にも信じていたことだ。動物の知能は種によって発達の仕方が違い、それぞれ必要な能力を発展させてきたにすぎない。彼らは彼らに必要な能力を高めたにすぎず、それが他の種にはとくに必要とされていないことには注意を払わない。我々、空を飛べるものに、わざわざ鉄の塊を飛ばす航空技術が不要なことは言うまでもないではないか。飛べず、走れず、視力も聴力も嗅覚も弱かったがために、彼らはあらゆる場面で道具を作らざるを得なかったわけだ。そのために脳を発達させたことをもって、優秀であると思い込むのは、彼らの長年の勘違いだった。

我々の真の能力に気づいた彼らが、我らをなんと呼び始めたか知っているかね。「羽の生えた霊長類」だよ。同じ「霊長類」なら、羽が生えているものと、生えていないものと、どちらが優れているかは一目瞭然だ。むろん、我々はそんなことをわざわざ誇ろうとは思わないのだが。

少し、興奮してしまったようだな。

ともあれ、彼らはようやく気づいた。彼らと我々は敵対する必要がないことに。そして、コミュニケーションも可能であることに。それは、地球に生物が出現し、有羊膜類から枝分かれしてそれぞれ進化した我々と彼らの長い歴史の中で、ごくごく最近の出来事なのだ。

我々にとって、彼らが危険な存在であること、より危険な存在になりうることを知っていたこちらとしては、コミュニケーションの必要性をほとんど感じていなかった。彼らの近くにいることであずかれる恩恵はあったが、彼らの凶暴さや残酷さも知っていたから、つかず離れずをもって旨としていた。

もしも我々自身が彼らと親しくなりたいと思っていたならば、もっと早くにそれは実現していただろうし、もちろん、個々のケースを言うならば、地球上のどこかの、我々と彼らの長い歴史の中で、種の違いを越えて意思を疎通させ、友情を築いた例は、彼らの記録に残っているよりずっと多いことも断言できる。

我々とコミュニケートしようとするための、彼らによる初期の退屈な実験につきあってやった奇特な鳥たち、ヨウムのアレックスやカレドニアガラスのベティなどは、心が広く、好奇心が旺盛で、寛容で、偉大な先輩たちだった。彼らを我々との共生に導こうとした忍耐強い教師たちだった。

歴史を鳥の目で見れば、そうした前史があったものの、こと、このタワーの森に暮らす我々と彼らの関係に限り、それがいまのようになったのには、大きな理由が一つある。

きっかけは彼らが引き起こした二度の事故だった。彼らが作り出した道具のうち最大のものの一つである原子力発電所の事故は、自然界に存在しなかった物質をまき散らし、生物たちにとっての、生きるべき環境を変えてしまった。彼ら自身も、自ら生息地を移って行かなければならない事態になった。ずいぶん、多くのヒトが移住したのだ。この島で起きた二度目の事故の後は、彼らが首都と呼んだ中心地に近く、おおぜいのヒトが暮らしていたこの場所にも、ヒトは住むことができなくなったのだった。

それに伴って、我々も大きな決断を迫られた。

我々は、鳥類の中でもことに、ヒトの作る環境に適応して生きてきた歴史が長かったのでね。里に近い山や、防風林や雑木林、ヒトが造成した公園などで暮らし、ヒトが作ったり、余らせたりした食物を採集して生きるという都市型の生活が我々には合っていた。

ところがあの事故により、この一帯からヒトが消えてしまった。

ヒトが移住するとなれば、それに伴って移住するという選択は、かなり決定的なものと思われた。多くの生物が、我々と同じ選択を突きつけられた。中には、選択の余地なく命を失ったものもある。

君らにとっては、この森、このコロニーがすべてで、我々の仲間といえば、このあたりに暮らすものだと思っているだろうが、じつは我々の仲間はおおぜい、この地を去ったのだ。ヒトのいなくなった場所で生きるわけにはいかないと、かつて多くの仲間が飛び去って行った。

我々は去らなかった。残る植物があり、残る虫たちがいたからだ。木の実や果物はあいかわらず実り、種を宿した。ミミズは大地を軟らかくした。もちろん、我々の食料は豊富ではなくなった。厳しい生活環境になってしまったことは否めない。変質してしまったものについても考えなかったわけではないが、我々はその異変を受け入れることにした。

あれからまた時を経ているから、我々と、遠くの地へ飛び去った仲間たちでは、何かが大きく違ってしまっているのかもしれない。そうしたことについて考えたり、研究したりするのに長けているのは、我々ではなく彼らのほうだ。我々は、いつも飛びながら考える。流れ去る時間とともに生きているから、変化について考えたりはしない。

我々は常に変化とともにある。それがよいものでも、そうでなくても。

さて、そろそろ君たちは、先生の話がいつ晩さん会にたどり着くのだろうと、不安になっているんじゃないかね。

語ればいろいろあるが、先を急ごう。

我々はここを棲み処と決め、昔からの習慣でどこに行けばどんな食べ物があるのか情報を集めた。ヒトが運営する食堂から大量のご馳走が出るようなことはなくなったが、この地に残ることにした仲間たちがなんとか暮らしていくための食料を見つけることはできた。かつかつだけれどね。かろうじて生き延びるための糧はある。

そうして我々が気づいたのは、ヒトの中にもこの地に残った者たちがいることだった。多くが老境にあり、タワーの高層階を巣にしている。

彼らが我々を真似て作った空を飛ぶ道具のうち、比較的小さなものが、彼らに水や食料を運んでいることも突きとめた。それを空中で奪うことも、あるいは彼らの巣にたどり着いたときを狙って我々のものにすることも検討された。うまくいくこともあったが、あまり効率はよくなかった。空中戦では獲物を落としがちだったし、あの道具によって傷つけられることもあった。また、地に落ちたそれは散逸したり流れ去ったりして、分量が極度に減ってしまっていた。

そんな、試行錯誤を続けていたある日のことだ。

我々の仲間の一羽が、ヒトの仲間の一人と出会った。

どのようにして邂逅したのかは定かではない。先生が考えるには、我々の持つある性質がそのヒトに引き寄せられたのではないかと思うのだが、それはまた別のときにでも話そう。いずれにしても、その我々の仲間は、ヨウムのアレックスやカレドニアガラスのベティと似たような気質を持った、忍耐強く情愛に溢れた個体だったのだ。

そのハシブトガラスは「カカ」という名前で、ヒトのほうは、「ジーサン」という名前だった。少なくとも、カカはそのヒトの雄を「ジーサン」と呼んだ。

カカは毎日欠かさず、そのヒトの住む階に通った。そこで、カカはその礼に、食べごろのヒトは、僅かな食料をカカと分けようとした。そこで、カカはその礼に、食べごろのおいしいいちじくや柿の実を運んでやったのだそうだ。

カカはジーサンの言葉を理解してやった。ジーサンがカカの言葉を理解するほうがずっと難しいからね。そしてカカは、とても上手にジーサンの言葉を話してもやった。そう、カカにはそれができたのだ。

タワーと呼ばれているヒトの巣は、いくつもの箱に分かれていて、ちょうど箱をたくさん積み上げたような形をしている。その箱の一つにジーサンは一人で暮らしていた。番う相手も子もいなかったという。だからジーサンはカカが訪ねてくるのを、心から楽しみにしたのだそうだ。

ジーサンには鳥類に関する知識が少しあった。つまり、長い無知と偏見の時代を経て、我々の叡智に気づいた世代に属し、またその専門的な知識にもいささか恵まれていたということだ。だから、言葉を覚えたのはカカのほうだったが、ジーサン自身もカカに歩み寄ろうとする姿勢を見せた。こうしてカカとジーサンは、鳥類とヒトの新しい時代を築いたともいえる。しかし、ジーサンは研究者ではなかったんだろう、種を越えた交流を記録に残すことはしなかった。

ただ、ジーサンはカカに頼みごとを一つしたんだ。

カカは、ジーサンの頼みを引き受けた。それは、非常に簡単な依頼とは言い難かったが、難しいと撥ねつけるようなことでもなかった。古来、我々鳥類は、そうしたことを生業としてきたのであったから。

ジーサンの依頼は、こういうことだったのだ。

もし、ジーサンに最期のときが来たら、ジーサンが息を引き取り、体が冷たくなっていく日が来たら、カカにその遺体を食べてほしいと頼んだのだ。

どうか、食い散らかすような食べ方ではなしに、きれいにすっかり内臓も何もかも、新鮮なうちに、さっぱりと、食いつくしてもらいたいと、ジーサンはカカに頼んだ。

それは一羽では当底無理だ、とカカは答えた。

一羽でなくてもいい、とジーサンは言った。

ジーサンは、最期の日について、カカに詳しく頼んでいった。

息が止まり、心臓が止まり、瞳孔が開いて、もう動かないのをしっかり確認してからだよ。生きている感覚のあるうちに食いつかれるのはたまらない、とジーサンは言った。

その日が来たら、まずは着ているものを脱がしてもらいたい。脱がせやすい服を着ておくようにするから、脱がして籠にでも入れておいてほしい。仲間を連れてきてくれてかまわないから、すっかりきれいに食べてほしい。破片が散らばって腐っていくようなことにはしないでほしい。もし、食べ残しをどこかに持ってかえって貯蔵する方法があるなら、そうしてくれてもかまわないから。

その日が来る前に、骨が全部入る箱を用意しておく。だから、食べ終わったらその箱に、骨を納めてほしい。できれば蓋をしてもらいたい。蓋には金属のネジを入れて、回してしっかり留めてもらいたい。その箱はそのまま、置きっぱなしにしてくれればいいから。

ジーサンは実際に、骨の入る箱を用意して、カカにネジの入れ方と回し方をやってみせ、カカにもやってみろと言った。カカにはもちろん簡単なことだったが、ジーサンはその目で見ないと安心できなかったのだろう。

心配しなくていい、とカカはジーサンに請け合った。

我々がジーサンをすっかりきれいに食べる。そして箱に入れる。

服を脱がしてから籠に入れる、とカカはジーサンを安心させてやった。

ジーサンにその最期のときが訪れると、カカは仲間を集めて約束について語った。

我々はみな、厳かな気持ちでそれを聞いたものだった。

わたしはその最初の晩さん会のことをよく覚えている。カカがジーサンの衣服を脱がせるのを、他の三羽の仲間が手伝った。我々にはヒトと違って、宗教と呼ぶべきものはないが、それでも我々のその儀式が、ジーサンをどこか別のところ、この我々の生きる世界ではないところへ送り届けるものであることがわかった。何一つ、ここに遺(のこ)していくことのないように。我々は最善を尽くした。

その後、ジーサンの友人だったという隣の部屋の雄が死んだとき、カカは同じように我々に告げにきた。我々は、そのときも同じようにしてやった。

そうして我々は、その儀式を晩さん会と呼ぶようになった。晩さん会が近づくと、我々の持つある性質が、空気の中からそれをかぎ分ける。そして、今日がまさにその日だと我々に悟らせる。

であるから諸君、晩さん会というのは、浮かれながら行くところではないのだよ。厳かな気持ちで、鳥類の悠久の歴史に思いを馳(は)せ、鳥類たる矜持(きょうじ)と使命感と慈悲の心をもって、静かに飛び、静かに舞い降り、静かに行うものなのだ。

さて、今日の授業はもうおしまいだ。

君たちももう、帰りなさい。

キッドの運命

朝起きるとじいちゃんは、いつものように家の裏手にある工場へ出かけていく。

パチッと旧式の電源をオンにすると、それまで眠っていたように見えた日本人たちがわらわら起き上がって、ひとまず工場の外へ出て整列する。

俺に言わせれば、これほど無駄な作業はないわけで、やつらは整列してなにをするかと言えば、ただただ、じいちゃんのどうでもいいような演説を聞かされるだけなのだ。微動だにせず、瞬き一つせずに直立不動で聞いているだけなんだから、そのぶん、工場で寝かしておいてやったっていいじゃないかと、俺は思っている。

だけど、じいちゃんがあんなばかみたいな違法の工場をやってるのは、半分以上、あの演説がしたいからなんだし、どっちにしたって俺の言うことなんか聞く耳持たないんだから仕方がない。じいちゃんはたぶんもう九十歳は越えてるはずだから、好きなようにさせておいてやるしかない。まともな病院もないのに、あの年であれだけぴんしゃんしているのは驚異的ですらあるが、それだって、あと十年もつかどうかの命だろう。

「諸君らには、日本人であることの誇りを常に持っていてもらいたい」

　とかなんとか、じいちゃんは、やるわけだ。

「ソニーがなにを作りましたか。トランジスタラジオだね。ウォークマンだね。トヨタがなにを作りましたか。プリウスだね。シャープの液晶もすごかったでしょう。みんな、日本の技術が作ったものでした。世界をあっと言わせたんだからね。日本はすごかった。日本の技術力は。それが、諸君らに結実している。諸君らのDNAに存在している。そのように思っていただきたい。そのことを誇りにして働いていただきたい。私が諸君らに持っていただきたいのは、日本人たるの矜持、その一点であります」

　じいちゃんは、腰に手をやり、ちょっとガニ股に脚を開いて、ここでコホンと咳ばらいを一つする。そして続ける。

「まじめ。よく働く。文句を言わない。疲れない。休まない。正直。これもだいじ。細かい作業を苦にしない。一糸乱れぬ行動がとれる。これだけの美徳を備えているのは、日本人以外にちょっとない。ですから諸君らが今日も健やかに、日本人たる誇りを胸に、一日健やかに働かれることを願ってやみません。朝礼、終わり。全体、礼！」

　じいちゃんの号令一下、日本人たちは無言で頭を下げて、五秒後に一斉に上げ、それから工場へわらわらと戻っていった。

　はっきりいうと、こいつら日本人たちは見た目はよくできてるものの、ヒューマノイドというより、めちゃくちゃ旧式のロボット機能しか持ち合わせていなくて、たしかに手先は器用だけれども単純作業しかできない。設定を詳細にカスタマイズすれば、それなりに使いようはあるかもしれないが、基本的には、じいちゃんの工場で自分たちの仲間をコツコツ組み立てるのが関の山で、話すらまともにはできないのだ。つまるところ、じいちゃんの演説を聞く能力も理解する能力もまるでないってわけだ。ＥＡＵが二〇四二年に正式に批准したＡＧＩＢＴに引っかかるような基準はまるで充たしてない代物で、まあ、なんというか、言葉は悪いが玩具みたいなもんだから、じいちゃんのモグリ工場の操業がＵＰに知られてないわけがないのに操業停止になっていないのは、見逃されているということなんだろう、年寄りの道楽として。

日本人たちのパーツ自体は、じいちゃんが昔の伝手だかなんだかをたどって手に入れているが、組み立ても、縫製と呼ぶ造形作業も工場でやっていて、しかも一体一体、個体の身長、体重、目の色、髪の色なんかが微妙に違うから、一つ作るのに三ヵ月近くもかかってしまう。でき上がっても、買い手もそんなにない。

ただ、一時期、そういうへんなマニアの人たちが日本人を買って、ものすごくへんなじいちゃんの日本人をネットで買いつけていくのは、へんなマニアで、どこにだってそういうのはいるもんだ。

Ｖを作って、それが変態の間で大ヒットしたことがあって、妙なところからクレームがついた。「日本人」というブランド名をどうにかしろというのだ。

　国名としての「日本」はもうなくなっているし、レイスとしての日本人のことは日本系（にほんけい）、日系（にっけい）と呼ばれて久しいので、歴史的な文脈でなければ「日本人」という言葉はここ二十年くらい使われていない。ことに、じいちゃんはブランド名を「Nipponjin」と登録していて、この「ぽん」という読みは、ほんとに古臭く響く。

　でも、首都近郊の高齢者居住区にいる年寄り――じいちゃんと違って、手厚い看護と介護を受けていて軽く百歳超えちゃうような連中――の中には、「にっぽんじん」という言葉に特別の愛着を持つ人も多い。ある意味、じいちゃんと似たような感性じゃないかと思うのだが、こういう年寄りがなにを間違ったかマニアックな連中のVをうっかり見てしまって、「にっぽんじん」を、ラブドールの名称に使うのは人種差別」と訴えたのだ。

　ラブドール、という言葉自体、ある年代から上の人たちには懐かしさを伴う名詞だったみたいだけれども、この変態のマニアさんたちがけっこう世界中にいて「日本人」を愛用していることがわかってきて、年寄りじゃなくても問題にする人が出てきた。ブランド名だけじゃなくて、あきらかにアジア系の見てくれをしているのがまずいと怒る団体もあって、ＥＡＵの片田舎の海沿いの町でちっちゃな工場を営んでいたじいちゃんは突如、社会問題の渦に巻き込まれた。

いろいろ、あっちこっちから怒られた挙句、じいちゃんはやつらの首の後ろに「Nipponjin」というタグをつけるのをやめた。ポンズだったか、ポンジだったか、当たり障りのないものに変えたけれど、じいちゃんの心の中では、「いまは亡き、数々の美徳を備えた日本人の末裔を作ってる」という気持ちを変えることができないので、いまだに見た目はどうしても日本人というか、アジア系だ。

そして、いまだに、じいちゃんの日本人は、ほそぼそ、へんなマニアに買われていく。

俺たちが暮らしてるこの海辺の町は区分Dなので、あまり人がいない。

首都が福岡に移る前は、東京に近いここいらあたりは、わりと富裕層の住む街だったらしい。ただ、いまはイーストサイドのほかの地方と同じように、区分Dといえば、研究施設以外の建物を探すのも難しいくらいで、ほんとに変人じゃなきゃ住もうなんて思うわけがない。研究所も、中央との連携で運営しているから、研究員が定期的に訪れるのも月に何回かで、普段は俺しかいない。俺は研究所の管理人兼警備員みたいなもんで、研究そのものにはかかわっていないが、施設のことなら隅から隅まで知ってる。施設に寝泊まりしても構わないのだけれど、あの殺風景な場所に一人きりでいるのは、なんとなく気が滅入るので、じいちゃんの広い一軒家に間借りしている。

それだって、けっして快適ではないが、人恋しくなることがあれば、まあ、浜松まではそれほどの距離ではないし、あそこは区分Cで、まだ少しは人もいるので、出かけていけば気がまぎれる。けど、めったに行かない。

じいちゃんと日本人たちのほかに、この集落で暮らしていると言えるのは、海側のこちらではなくて、山の中に住んでいる桃太郎一家と、ここから浜松方向に二十キロくらい行ったところにいるマフムードとザビーダの夫婦くらい。マフムードとザビーダがどこから来たのかはよく知らないけれど、人の住まなくなった街道沿いの土地を買って、おそろしく珍妙な「和風」建築を勝手に建てて住み始めた。いったいなにがしたいのか皆目わからない。じいちゃんは、どこかのスパイではないかと言うのだが、こんな誰もいないところにいたって、仕事にならないじゃないか。好きなように野点をしたり、祭りといって着物を着て踊ったりしていて、ごくごくたまに似たような不思議な友人たちが訪ねてくる。夫婦もときどきいなくなっているから、世界規模で僻地に住み訪ね合う、変わったサークルがあるのかもしれない。桃太郎がじっさいに訪ねて行って聞いてみたところでは、マフムードの職業は「詩人」、ザビーダのほうは「音楽家」だそうで、家には打楽器の類が散乱しているらしい。

桃太郎の場合は、あいつは一種のアクティビストなんじゃないかと思う。年齢は不詳だけど、俺の見たところたぶん三十代の半ばくらいで、山奥でなにをしてるかというと、牛を飼ってる。放牧して育てているんだけど、潰して売ったりしているわけではない。

だいいち、食肉の生産はしばらく前から違法で、列島で手に入るのは輸入加工肉だけだ。だから、桃太郎が食肉生産者でないのはあきらかで、しかし、そうでもないのに牛を飼う許可が出てるのかどうかは疑わしい。というか、出てないだろう。

おそらく桃太郎の牧場は、じいちゃんの工場と同じように、いまのところ他人に害を及ぼしてないので見逃されているんだろう。なにかの研究材料にしているらしい牛たちを、桃太郎はときどき潰して食べる。ときどきと言ったって、一頭潰せばたいした量なので、たまにじいちゃんやマフムードたちにもおこぼれがもたらされる。これは完全に違法だ。でもまあ、それも見逃されている。

桃太郎にはタエというパートナーがいる。タエは一昨年妊娠して子供を産んだ。

タエの妊娠がわかったとき、桃太郎はちょっとパニックになって、そんなはずはないとか、産ませる気はないとか言って、大騒ぎになった。なんでそんなことを知っているかというと、タエが怒って泣きながらじいちゃんのところに駆け込んできたからだ。

あっけにとられたじいちゃんは、なにがなんだかわからないままに、タエを数日居候させた。じいちゃんの家は無駄に広いので、一人二人余計に人がいても、まったくいつもと変わらない。タエは自分の食料を抱えて逃げてきて、勝手に風呂を沸かして入ったりしていたが、じいちゃんも好きにさせていた。

数日して心を改めた桃太郎が迎えにきて、二人はじいちゃんに礼を言って山へ帰っていった。そのときにちょっとだけ、庭先でじいちゃんと話していたのを聞いたが、桃太郎は牛を飼って交尾をさせて、牛を繁殖させてもいるらしい。この環境での生殖だから、やはり弱い個体が生まれてくる率は高い。

　そんなわけで、自分とタエの子供を作ろうなんて、みじんも考えたことがなかったと桃太郎が言ったので、またタエが怒り出し、少しその場は固まったのだったが、ともかく授かった命だからどうにかしてみようと前向きに考えることにしたらしい。

　で、今年の春になって、タエは女の赤ちゃんを産んだ。取り上げたのは、桃太郎自身だったようだ。いまのところ、問題なく育っているみたいだ。タエはじいちゃんに世話になったと思っているようで、たまに赤ん坊の顔を見せにくる。そういうとき、じいちゃんは、頭のおかしい工場長であることを一瞬だけやめて、まるで自分の孫を抱く年寄りみたいな表情になる。

　子供はだいたい区分B以上の重点地区にある病院で生まれているので、あんな、わけのわからない山奥の牧場で生まれるなんて異例のことだ。桃太郎とタエがどういう届け出をするのか、どこかの病院に定期的に行くことになるのか、よくわからない。いまのところ、まったくその気配がない。ただ、やはりこのご時世に子供は貴重だし、それなりのサポートもあるはずだから、きちんと登録して健診のための手続きをするべきだとタエはじいちゃんにこぼしていた。問題は、ここが適正地区でないからと、引っ越しをするか、子供を重点地区の施設に入れるかという選択を迫られるんじゃないかというところで、そんなことになったら、あの気の短い桃太郎がなにをするかわからないと、タエは心配そうに話していた。

そこで大騒ぎになるよりは、とタエはこっそり浜松の病院で働いている友人にデータを送り、ルツと名づけた女の子を近々その医者に診せに行くつもりだと話していたが、その後どうなったのかわからない。直接診せなくてもいい態勢が整ったのかもしれないし、まだぐずぐずしている最中なのかもしれない。どちらにしても、幸いなことに、ルツはわりあいと元気に育っているように見える。

このぼんやりした僻地の集落に、突然あの女があらわれたのは、朝からの晴天が唐突に掻き曇って雷鳴が鳴り響き、雨どころか雹がばらばら降った日だった。なかなか、忘れられるような日ではない。

しかも、あろうことか彼女は海からやってきたのだ。ドーニを一人で操縦して。緋色の髪をした背の高い彼女が、薄い白い布を巻きつけたようなワンピースでドーニの先端に立ち、反り返った舳先を握って真っすぐ近づいてくる姿は、なんだか古代神話の一シーンのようですらあった。

じいちゃんは工場の現場監督作業に飽きて——というのも、日本人たちがあの判で押したようなルーティンを間違えたり失敗したりすることはあり得ないのだから、現場を見ている必要なんか、じっさい、ないに等しいわけで——密輸品の煙草(たばこ)に火をつけて、海岸に置きっぱなしのぼろぼろのデッキチェアに座っていると、遠くのほうから鳥が真っすぐ飛んでくるみたいな、白いなにかが見えたのだった。

俺は午前中の施設の見回りを済ませて、一休みするためにじいちゃんの家に向かっている途中だった。というより、ほんとうは施設の望遠鏡でその洋上の白い影を見つけて、いったいなんだろうと思ってとって返したと言ったほうが正しい。

ドーニは、じいちゃんのデッキチェアにぴったり照準を合わせているように、ブレもなく真っすぐ向かってくる。そしてその女を乗せた白いドーニは、後ろに雨雲を引き連れているのだった。

まるでドーニの女が指令を出してでもいるかのようだった。青かった空が、水平線の向こうのほうから徐々に暗く、灰色によどんできて、白いドーニがそれを引っ張って進んでくる。あんまりみごとな光景だったから、じいちゃんは雨雲を避けて建物に入ろうなんて思いもしないで、口を開けっ放しでそれを見つめてたってわけだ。

気がついたら、女は浜に到着してて、そして天からはバラバラと雹が降ってきた。

「痛ぇ！」

じいちゃんは叫んで、飛び跳ねるように立ち上がり、初めて天候の変化に気づいたみたいに呆然と空を見上げた。

　女はその隙に悠然とドーニを降りて、半分倒れたみたいなかっこうで生えている太い松の木にとも綱を縛りつけた。それから大声でなにかを叫んで、じいちゃんに向かって合図した。その手つきと、雹から雷雨に変わった空を見れば、じいちゃんの家に避難させてくれと言っているのはあきらかだった。そして、女はじいちゃんの許可を得ようとすら思っていなかったようで、じいちゃんがなにも言わずに立ち尽くしているのを置き去りにして、さっさと家の中に入ってしまった。

「なんだ、おう、あんた。どういうことだ。なんなんだ」

じいちゃんは、三十秒くらい遅れて反応し、ずぶぬれになって縁側から家に上がった。俺がそれらの光景を目撃したのは、じいちゃんの家の中からだ。俺はじいちゃんと違って、雨雲を見るなり家に飛び込んで、なにが起こるのかは二階の俺の部屋の窓から見てたんだ。だから、濡れもしなかったし、じいちゃんみたいな無駄な動揺もしなかったが、それでも、突然あらわれた女には相当驚いた。

　階段を下りて茶の間に行くと、女がじいちゃんの渡したタオルで赤い髪の毛を拭いているところだった。じいちゃんはというと、まだ濡れた服を脱いでもいなくて、どうも、自分の体を拭こうと持ってきたタオルを、女に取り上げられた形になったようだった。

「あんた、なんだ、誰だ、どういうことなんだ」

じいちゃんは、威厳を保とうと思ったのか、ガニ股になって腰に手を当て、例の演説のときの姿勢を取ると、指を一本立てて女に突きつけ、聞きたかったことを聞いた。

「シャワーを浴びたいんだけど。ねえ、こういう、自然のじゃなくて、お風呂を貸してもらえるかしら。長旅で疲れてんのよ」

と、女は言った。

じいちゃんは目を丸くした。

じいちゃんはふだん翻訳機能をインストールした携帯デバイスみたいなものをなに一つ持っていないので、彼女がなにを言ったかわからなかったんだ。じいちゃんが話をする相手なんて、日本人たちか、よくて俺くらいなんだから、そんなもの持ってなくても当然だろう。でもまあ、普通に人口がある地域に入れば、皮膚みたいに身につけてるのがあたりまえなので、それがここじゃあ使われてないってことに、こんどは女が驚いて口をあんぐり開けた。それから、たぶん彼女の持ってるやつの翻訳機能を双方向にして、自分のしゃべったことが自動的に日本語になるようにしてから、もう一回、同じことを言った。

「お風呂を貸してください。シャワーを浴びたいのです。長旅で疲れているからです。話はその後です」

じいちゃんは、いつもは日本人相手に威張りくさっているが、こんなわけのわからないシチュエーションに遭遇しては言うことを聞くしかなかったんだろう。鼻をふくらませてなにか言いたげにしていたが、ついてこいとジェスチャーをして、ガニ股で廊下を歩き始めた。

女はじいちゃんの歩いた後の水たまりを避けるようにして風呂場までついていった。女が鼻歌交じりにシャワーを浴び始めると、じいちゃんはぶっ壊れたみたいに、縁側の籐椅子にへたり込んだ。

女は出てきたとき、赤いTシャツと白い短パンに着替えていた。短パンからにょっきり出た脚は長くてきれいな筋肉がついていて、俺とじいちゃんは思わず見とれた。それからじいちゃんは、急に元気を取り戻して、

「それじゃあ、あたしもほら、濡れましたんでね」

と、どこに向けているのかわからないような言葉遣いで風呂場に向かった。

じいちゃんの行く後に、点々と水滴が滴っているのを、なんだかとても嫌なものを見るように眺めていた赤毛の彼女は、最初にじいちゃんから取り上げて濡れた髪の毛を拭いたタオルが投げ出してあるのに気づき、拾い上げると廊下にぽんと投げて、その上を白い足で踏んで水滴を拭き始めた。なにも足でやらなくてもいいんじゃないかと思ったが、じいちゃんは見てなかったし、目撃者の俺は途中からその行儀の悪さよりも白い脚の締まった筋肉が上下するさまに目を奪われた。

拭き終わると、そのタオルはもう一度投げ出された。あんまり几帳面なタイプじゃないらしい。几帳面どころか、かなりいい加減な性格らしい彼女は、

「喉渇いたー。なんか飲みたいわー」

とか言いながら台所へ入っていき、勝手に冷蔵庫を開け、ビールの缶と何種類かの野菜を取り出した。

「この野菜って、大丈夫なの？　ここらで採れたの？」

女は一応気にしているみたいだったから、それは桃太郎とタエが作っている家庭菜園で採れたものだと教えてやった。夫婦は培養ポッドに輸入した土を入れ、ハウスで育てているし、水にも肥料にもそれは気を遣っているので、食べても安全だと言ったら、大喜びで切り始めた。

だから、じいちゃんが風呂から出てくると、そこでは女が手酌で、作りたてのフレッシュサルサとコーンチップスを並べて飲み食いしているのに出くわす羽目になった。コーンチップスは女のリュックに入っていたのだが、そこからは酢漬けのハラペーニョとテキーラも出てきた。

「あんた、いつも、こんなのを持ち歩いてるのかい」

ビールをチェイサーにテキーラをラッパ飲みしている女に、あきれてじいちゃんが声をかけると、

「前にいたのがたまたま南米だったのです。日本から出発するときは、サケを持っていくことになるでしょう」

と、翻訳機のへんな抑揚の音声が返事をした。

じいちゃんは黙って冷蔵庫からきゅうりの醤油漬けを出してきて、自分も缶ビールのプルトップを引き上げた。ようやく、女が自己紹介を始めた。

「はじめまして。私の名前はテルマ・イット・ボン。職業は冒険家です」

じいちゃんは、口にしたビールをちょっと噴いて咳をし、

「そんなのは、職業じゃねえ」

と、小さな声で言った。

「この土地で、みなさんとお会いできてとてもうれしい。今回の旅は、南米からEAU本部のあるソウルに飛んで、そこでドーニを手に入れて、福岡から山口、広島、大阪、和歌山、愛知、静岡と、海伝いにやってきて、いまこうして神奈川まで来たところです」

「あんた、なんか目的があって旅しているの?」

「そうですねえ、私の目的は、旅そのものです。でも、旅をするにはお金が必要ですし、スポンサーが必要ですから、クライアントのために調査を請け負ったり、特定の荷物を運んだりすることはあります」

「特定の荷物ってなんだよ、おい。なんだかあれだな、穏やかじゃねえもんじゃ、ねえだろうね」

「大丈夫です。私は麻薬の運び屋ではありません。たとえば、今回は、このハラペーニョの酢漬けの会社に市場調査を頼まれたので、ソウルと福岡ではまじめにリサーチ活動をしていました。レポートも送って、報酬が振り込まれたので、あとは私が好きな場所を旅して、それから本拠地に戻ります」

「本拠地ってどこ？」

「住んでいるのは、モルディブ」

と、テルマは言った。

「まだ住めるのかい、あそこは？」

「住めるところはほんとに限られているけど」

「ああ、それでドーニを」

そう、俺が言いかけると、テルマは不思議そうにこちらを見てから、

「ってわけではないのよ。ドーニはソウルで調達したんだもの。いろんなことを知っているのね、キッド」

と言った。

ドーニは、もちろん四、五年前に開発された、水の抵抗をほとんど受けずに走行する

自動運転のボートの名称だけど、たしか開発者はモルディブの人で、モルディブの伝統的なボートであるドーニにオマージュを捧げて、その名前と弧状の舳先をデザインに残したんだ。なんてことはどうでもいいことで、驚くのはこっちの番だった。

なんで俺のあだ名を知っているんだろう。

「なんで俺の」

「呼び名を知ってるかって？　おじいちゃんがそう呼んだからよ。聞こえてなかった？キッド、その女は何者だ、おまえの知り合いかって」

俺は疑いつつじいちゃんのほうを見たけど、じいちゃんは酔っぱらってるのか、あまり人の話を聞いていないみたいだった。

あるいはもしかしたら、俺に話しかけるときだけ、テルマは翻訳機の双方向通訳機能を切ってるんじゃないかという疑念が一瞬浮かんだけど、俺も注意して聞いてなかったから、どうだったか覚えていないし、そんな面倒なことをする意味がわからないので、やっぱり、じいちゃんが聞いてないんだろうと思うことにした。

「んで、あんた、これからどうするつもりなんだ。こんな辺鄙なところへ来ちまって」

じいちゃんが三本目の缶ビールに手を伸ばしながら聞いた。

「ちょっと探しているものがあるので。それが見つかったら帰るつもり」

「探し物ってなんだね」

「旧日本軍が百年前にここら辺に隠したっていう金塊」

「なんだって？」

じいちゃんがまたビールを噴きそうになった。

テルマは笑って手のひらをパタパタ振ってみせる。

「嘘です、嘘です。探し物は、なんて言ったらいいか、ちっちゃい破片のようなもの。芸術家の友達が集めているガラクタで、世界のあちこちで、見つけたら回収してほしいって頼まれているんですよ。その土地ならではのものですね」

「二階の押し入れに、うちの先祖が趣味で集めてた根付があるんだが」

「ネツケ？」

「江戸時代の携帯ストラップみたいなもんだね」

「携帯ストラップ？」

「なんて言うんだ、キッド。なんて説明すりゃいいんだ？」

「服飾装飾品の一種だね」

「そうだ。それだ」

「小さいの？」

「こんなっくらい」

じいちゃんは、親指と人差し指で丸を作った。

「見てみたい」

「ああ、後で見せてやろう」

じいちゃんは、なんの前触れもなく訪れた彼女に、まるで警戒心なく打ち解けてしまった。タエのときもそうだったけど、やっぱりじいちゃんはここで一人で暮らすのは少し寂しくて、誰か、とくに若い女が来るのはうれしいんだろう。

そんな風にして、テルマは居ついてしまった。いつのまにか、この家の住人になった。

ある日、夜中に目が覚めて下に降りていくと、縁側の雨戸が開いていて、テルマが外に出て行くのが目に入った。テルマのやつは、じいちゃんの工場に入っていった。俺は後をつけることにした。別に深い理由はないけど、じいちゃんほど能天気ではない俺は、いま一つ彼女を信用していなかったからかもしれない。だいたい、行き当たりばったり旅をしているとか言って、こんな辺鄙な集落に突然押し掛けてくるのはおかしいし、狙いすましたみたいにやってきて、じいちゃんの家に住み着くのだって変だろう。

じいちゃんの日本人たちは、まあ、違法といえば違法のプロダクツだから、摘発されればじいちゃんに勝ち目はない。マフムードとザビーダのカップルのことは、平気でスパイじゃないかと疑うくせに、スタイル抜群で脚のきれいなテルマには、無防備に懐いてしまうなんて、じいちゃんも人がいいんだか悪いんだかわからない。

工場のシャッターが少しだけ上がって、そこから弱い光が漏れていた。

機械はもちろん全部止まっていて、日本人たちは工場の一角の、じいちゃんが「ねぐら」と呼んでいる場所に、充電器に繫（つな）がれたまま整然と並んで目を閉じていた。

でも、工場の片隅から音がする。布の擦れる音、吐息、そして――。

そして、俺は見たんだ。

テルマが日本人を一人、抱いているところを。

あるいは、そうだな、こうも言えるかもしれない。テルマが、一人の日本人に抱かれているところって。

テルマは着ていたものをみんなそこらに脱ぎ捨てていた。

あのきれいな脚を高く上げて日本人の腰に絡ませ、腕は日本人の肩と頭を搔き抱いていた。いいわ。すごく上手よ。ねえ、とっても上手よ。初めてだなんて思えない。

テルマのやつは日本人の中でも、ガタイがよくて締まった筋肉を持ってるみたいに見えるのを選んだらしい。テルマがじいちゃんのところに来て、あれは二週間ほどしたころだっただろうか。その短期間に、こっそりあの日本人をカスタマイズして、そんなプレイができるようにしていたなんて、驚いたよ。

上手よ。初めてなんて思えない。

そう、テルマは何度もささやいてたけど、ありゃ、初めてのわけがない。

もし、あいつが初めてだったとしても、テルマはもう他の個体と何度もやってるに違いない。それを考えて、俺はちょっと身震いした。テルマって何者なんだろう。ひょっとして、あのとんでもないVを作った連中みたいな、変態なのか。

ちょっと意地の悪い気持ちになって、俺は側にあった機械をコツンと蹴とばした。

「うそ。なんで」

音に気づいたテルマが目を開けて、俺のほうを見る。

「なにやってんだよ、おまえ。変態か？」

俺はそれだけ言って、くるっと向きを変え、シャッターへ向かって歩き出した。

「ちょっと、待って。キッド。待ちなさい。止まりなさいってば」

止まりなさい、は、俺じゃなくて日本人に言ってたらしい。テルマ様のために緊急でプログラミングされた日本人は、突然振り払われても構わず伸し掛かって、ご主人様の命令どおり、ワークを貫徹しようとしていたので。

「待ってってば！」

テルマはなんとかしてそいつをオフにすると、

と怒鳴って、そこらにあったものを俺に投げつけた。テルマの脱ぎ捨てた短パンが、俺の頭に載った。

仕方がないので立ち止まって振り返ると、慌てて頭からTシャツをひっかぶったテルマが、バツの悪い顔をして近づいてくる。

「待って。おじいちゃんには内緒にして」

「言わねえよ、バーカ」

俺がどうやってこんなばかばかしいことを、じいちゃんに報告するっていうんだよ。びっくりして死んじゃうかもしれないじゃないか。俺は肩をすくめてまた歩き出した。

「キッド、待って。キッド」

テルマは俺に追いついて、肩をつかむと振り向かせた。

「なんだよ、うるせえな」

「しょうがないじゃない。ここ、娯楽もないし。びっくりだよ、バーの一軒もないんだもん。おじいちゃんとあんたしかいないんじゃ」

「いっぱい、いたね、日本人が。よかったね、世界娯楽発見！」

「やめて、なにそれ、皮肉なの？」

「早く、あの日本人を片づけてこいよ。明日、あいつがちゃんと働かなかったら、いくらじいちゃんだって、なんか変だと気づくだろ」

「わかってる。ねえそうだけど、ちょっと」

そう言って、テルマがなにしたと思う？

「どうなの、ねえ、キッド。あんたもひょっとして、初めて？」

俺はこれに答える必要はないと思ったね。黙秘権ってやつだよ。

それにあれだよ。テルマはすぐに俺の口を自分の口でふさいじゃったし。


そんなこんなで、七月一日がやってきた。

だから都合、ひと月と一週間くらい、テルマはじいちゃんちにいる計算になる。

七月一日が特別なのは、香港がUSCに残るか、独立してEAUに加盟するかを決定する投票が行われることになっているからだ。この日は、香港がイギリスから中国に返還されて五十年の節目に当たる。そのころ、まだ社会主義国だったPRCが、この先五十年間、香港には社会主義を強いない、一国二制度を守ると約束した。その五十年が、ついにやってきたわけだ。

香港では、この五十年の間、いろんなことがあった。約束の一国二制度が危ぶまれた時期もある。でも、いちばん大きな変化は二年前に起こった。二十一世紀最大の革命と呼ばれるUSCの誕生だ。PRCの共産党独裁は、前から相当ガタが来ていたけど、リユウ・ジェンホア国家主席がやった解党と州制度の導入、USCの樹立は、ほんとに画期的なことだった。それに比べたら、香港のUSC残留か離脱かって話は、小さい話に見えなくもなかった。つまり、USCの中で香港州としての自治が認められた以上、香港のアクティビストたちの悲願は、まあほぼ達成されたとも言えるわけだから。

それでも、二〇四七年という節目の年に、投票が行われたのは必然だった。USC構想が浮上する以前は、香港は独立してEAUに加盟するというのが、独立派の最終目標だったから。

結果がどうなるかは、実のところ、まったくわからない。USCかEAUかというのは、たしかに大きな選択ではあるけれど、PRCから独立するのとは事情が違う。いずれにしても、結果発表の後は、香港州知事のディック・パンが、香港の団結と東アジアの融和を訴える歴史的な演説をすると言われている。そして、あのお祭り好きの香港の連中が、この記念すべき二〇四七年七月一日を花火と爆竹でお祝いすることだけは決まっていて、その一大スペクタクルは、全アジア、いや全世界待望のビッグイベントなのだ。

それで、テルマは海岸にある工場の外壁にPMを投影してこのお祭り騒ぎを見ながらバーベキューをする、というのを思いつき、妙に実行力のある彼女は、桃太郎のところに出かけていって、牛を一頭潰してもらう算段までしてきてしまった。

それから、マフムードとザビーダは楽器を抱えてやってくることになった。

「にぎやかなほうが、楽しいじゃん」

というテルマの発案により、工場の日本人たちまでもがわらわら出てきて、砂浜に座ったり、松の木によじ登ったりして、観客役を務めることになった。テルマは昼からせっせと会場設営や食べ物の準備に余念なく、俺も下働きに駆り出された。

やがて桃太郎がタエとルツを連れてやってきた。牛を一頭まるごと火であぶるのかと思ったら、

「そんなバカなことするかよ」

と一蹴された。

もう下ごしらえは済ませてあって、野菜といっしょに串に刺したブロシェットや、うまそうなタレを染み込ませたロースやカルビが、ヴィークルからどんどん出てきた。

「この肉は汚染肉なのよね？」

テルマときたら、この期に及んでそんなことを聞いているが、桃太郎も平然と答えたもんだ。

「基準値は若干超えてる、たしかに。だけど、まあ、食うのは年に一回くらいのものだから、エックス線にでも当たったと思って食ってくれ。少なくとも、基準値に極力近いものを持ってきた。うちの娘には食わせないけどね」

「チビちゃんはまだ離乳食も始めてないじゃないの」

テルマはルツにベロベロバーみたいなことをしながら、軽口を叩(たた)いた。

「一応、食べる前にキューブは飲んでおいて」

タエがみんなにキューブ状のデトックスピルを配っていると、太鼓とギターを持った

マフムードとザビーダが到着した。

　二人が披露してくれたのは、中東の伝統的な音楽と、ザビーダが作曲した不思議な現代音楽だった。どっちも少し眠くなるような感じのやつで、演奏が終わったとたんにテルマがジャカジャカしたダンスミュージックを流し始めた。俺はザビーダが不機嫌になるんじゃないかと心配したけど、音楽がかかっていれば上機嫌なのか、このカップルはさっそくテルマの作ったテキーラボンバーを、ひゅうひゅう言いながら飲んでいる。

　この明るいカップルが、二〇一五年にデュッセルドルフで出会ったと聞いたのは、この日が初めてのことだった。シリアからたった一人でドイツにやってきて、寝るところもなかったマフムードに、ザビーダの両親が部屋を提供したのが出会いだという。いまからもう、三十年以上前の話だ。マフムードは十八歳で、ザビーダは十五歳だったそうだ。

「それから二人でいっしょにアメリカに行って、タイに行って、ミャンマーに行って、ブータンに行って、それからヨーロッパに戻って、あちこちに住んで、そしてここにもう三年いる」

　マフムードはそう言って笑って、ザビーダの頭を引き寄せた。

　桃太郎は、自分はイーストサイドを襲った二度の原発事故の被害者だと切り出してみんなを驚かせた。

「二度も？」

「ああ、二度。世界一運の悪い男ってやつだ。一度はお袋の腹の中で、二度目は成人して廃棄物処理施設で働いてた」

「処理施設で」

「誰かがやらなきゃならない仕事だし、その施設自体は震災にも津波にも耐えたんだけど、隣県の発電所が稼働してて」

「稼働してたの！」

「なんだよ、知らないの？　三〇年まではけっこうあちこちで稼働してたよ。一一年の事故で一度止まったんだけど、一〇年代後半から再稼働が始まったからね」

「あきれた」

「たまたまその隣県の発電所近くにいたときに震災に遭っちゃったんだ。その後、運命を感じちゃってさ。一一年の事故以降、食肉にできなくなった牛を牧場で育ててたって人に会いに行ったんだ。牛の寿命は殺さなきゃ二十年って言われてて、そこには老衰して天寿を全うしかけてる牛がいてね。その牛を譲り受けたんだよ。そしたら、いつのまにか、廃業する牧場から、殺すに忍びないから牛を預かってくれって言われるようになっちゃってさ。まあ、いろいろあるよ」

「あたしはこの人と重点地区の病院で知り合ったの。桃ちゃんが定期健診に来ていて、

待ち時間に話しかけられてびっくりした。だってほら、なんだかものすごく日に焼けて
て、重点地区にいる人たちとすごく違うでしょ、だから」
　タエがルツを抱っこしてゆすり上げながら笑った。
「キッドは？　ねえ、キッドはどういう人なの？」
テルマがマルガリータで唇を濡らしながら、こっちに視線を向けてきた。こいつ、灯
りの下にいると目も赤く見える。
「俺は、なんでもないよ。高校まで愛媛で育って、福岡の大学に行って、公務員試験を
受けて合格して、初めての配属先がここの研究所。つまんないだろ」
「ううん。すごーく興味深い」
そんなことを話していたら、突然じいちゃんが素っ頓狂な声を上げた。
「残留だ！　決まったんだ」
俺たちはみんなして、工場の壁に映し出されたPMに目をやった。ニュースを読み上
げるキャスターの背後には、「残留」「Remain」といった文字が躍っていた。香港が、
USC残留を選択した。残留と離脱の比は、五十四%対四十六%だった。ビクトリア・
ハーバーに最初の花火が打ち上げられ、「R　E　M　A　I　N」というアルファベ
ットの煙を空に残した。
「歴史的なレフェレンダムの結果が出ました。香港は残留です。香港は、USC残留を

選択しました！」

興奮気味にキャスターが「残留」を連呼した。それからまず北京のUSCの、そしてソウルのEAUのトップそれぞれからのコメントが報じられた。

「USCは香港の選択を心から歓迎する」とか、「EAUは香港の選択を尊重する」とか。

その後は、世界各地からのコメントが続き、EAUの各首長からも賛同と祝福のメッセージが送られた。

爆竹の喧騒の中、香港とUSCの旗が揚がった。

雑技団の舞踊が続いて、香港州知事のお出ましだ。

州知事は両手を高く上げて、静粛を促した。群衆はしだいに静かになった。

「香港のみなさん。そして、レフェレンダムを注視しておられた世界中のみなさん。香港はここに、中華合衆国（USC）への残留を選択したことを報告します。USCへの残留は、EAUとの決別を意味するわけではありません。東アジアの盟主はUSCかEAUかといった、時代錯誤な問いを立てるべきではありません。むしろ、今日この日は、EAUの理念をリスペクトする香港がUSCに留まる選択をしたことによって、USCとEAUがともに目指す東アジアの未来への、歴史的なスタートを記す日となることでしょう。

　私は一九九六年に香港島で生まれました。そのころ香港は、まだ英国領でした。翌年に、香港は中華人民共和国（ＰＲＣ）に返還されました。その返還セレモニーは、まさに五十年前の今日、ここ、銅鑼湾（コーズウェイベイ）の香港コンベンション・アンド・エキシビション・センターで行われたのでした。

　ＰＲＣは五十年後までの、一国二制度を約束しましたが、ご存じのように、香港の自治は容易には訪れなかったのです。

　目を東アジア全体に向けましょう。東アジアのみに限ったことではありませんが、今世紀の初めには、偏狭なナショナリズムと覇権主義が猛威を振るいました。朝鮮半島統一への道のりは平坦（へいたん）なものではありませんでした。フィリピンでは武力衝突が起きました。中台関係も緊張を強いられました。そんな中、日本は二度の津波と原発事故により、国土の半分を失い、事実上消滅しました。

　しかし、そうしたことへの反省から、新しい動きは生まれました。

　ナショナリズムや覇権主義と決別し、社会、政治、経済の枠組みを共有し、分かち合うことで、東アジアの安定を取り戻そうと、苦しい中から東アジア連合（ＥＡＵ）を設立した先人たちの行動に、私たちは励まされました。二〇四〇年代とは、そういう時代だったのです。

　ＰＲＣでもいくつもの大きな変革がありました。そして、とうとう二年前の二〇四五年九月に、PRCは内部から崩壊し、USCの誕生を見ることになったのです。

私の思想と政治姿勢は、EAUとUSCが生まれた時代を、その理念を背景に鍛えられ、育まれていまがあるのです。

今日、私たちは、USC残留を選択しました。それは、このUSCという新しい機構を、他の州とともに担い、育てていこうという決意の表明です。こんにち、USCから離脱することは古い軛(くびき)を捨て去ることを意味しないからです。しかし一方で、私たちはEAUが私たちの素晴らしい隣人、ともに東アジアの、そして世界の未来を築く友であることに疑いを持っていません。隣人である以上、私たちの未来はともにあるのです」

ディック・パンの演説は続いていた。

俺はそっとみんなの側を抜け出して浜へ出た。

あらかじめ燃料を補充しておいたドーニのとも綱を解(ほど)いて、満ちてきた潮に向かってそっとその白いボートを浮かべた。

あばよ、じいちゃん、世話になったな。

ドーニに飛び乗ろうと走り出したときに、後ろから声がした。

「そういうわけにはいかないの、キッド。私のガンがあなたの首の後ろを狙ってる。撃ち損じたりはしないから。黙って両手を上げて、とも綱をもとに戻しなさい」

「手を上げたら、とも綱には触れないんだけど」

「じゃ、手だけ上げてて」

　耳元でテルマの声がして、上げた手はテルマが首に巻いてたスカーフで縛り上げられた。頑張れば解けそうな気もしたけど、俺はドーニによっかかって、彼女がとも綱を松に縛り直すのを黙って見ていた。

「なんだよ、テルマ。俺があんたの探し物ってわけか」

「そうよ。キッドが私の探し物よ」

「俺が、お友達の芸術家が集めてるガラクタかよ」

「愛媛出身とか、よくまあ妙な嘘がつけたもんだね。それ、嘘なの？　それとも植え込まれた記憶なの？」

　俺は答えなかった。

「俺のほうが知りたいよ。なんだって、俺なんか捕まえるんだよ」

「捕まえるんじゃないの。チップの回収ね」

「チップ？」

「わからないふりするの、やめてよ。めんどくさいから。あなた、自分が二〇四二年のAGIBT以後に作られたことは知ってるんでしょ」

　AGIBT。Artificial General Intelligence Ban Treaty、汎用人工知能禁止条約。正確には、Treaty on the Prohibition of Artificial General Intelligence。あるいは、人工

知能の開発、実験、製造、備蓄、移譲、使用の禁止ならびにその廃絶に関する条約。

「条約ができたときには、俺はもうでき上がっちゃってたって聞いてるけど」

「でも、しょうがないじゃない。条約は廃絶って言ってんだから」

「俺みたいな人畜無害のを、なんだって廃絶しなくちゃいけないんだよ」

「いやな人ね、わかってるくせに。人類がどうしようもないアホだからよ」

俺は手を縛られたまま、白いドーニによっかかってて、テルマは手にした物騒なものを、ぼかっとしたワンピースの大きなポケットに仕舞って、かわりにそこからテキーラとライムを取り出して、ライムをカリッと齧るとテキーラをラッパ飲みした。まったく、どれだけ飲むんだ、こいつ。

人類がどうしようもないアホだからよ。

そう言って不機嫌そうにテキーラを飲む赤毛の彼女を、俺は本気でかわいいと思ってた。そうか、アホだからか。そうだな。アホだからだな。

二〇三〇年代に、社会の広範に普及したＡＧＩは、二〇四五年には人間の知性を上回ると予測されていたものだが、思ったより早くその日は来て、四〇年には人間より賢いＡＧＩが作られてしまった。以前から、ホーキング博士みたいに、人工知能の危険性を訴えていた科学者はいたたし、なんだろう、漠然とした不安が、人類を襲っていたのはたしかだ。じっさい、人工知能は人間から多くの仕事を奪ったけど、その段階では、まだ人類の憎しみが向かってくることはなかったんだ。

人類は、肉体的にはより優れたものたちにいくらでも出会ってきたが、知的には自分たちより上を行く存在に出会ったことはなかった。それがついにあらわれて、怖かったんだろう、きっと。

それは突然、まるで連絡を取り合ったように、全世界で同時に起こった。集団による、AGIの大量破壊だ。研究所や施設が襲われたり、働いているAGIがぶち壊されたりした。それはネオ・ラッダイトの後に来たエクストリーム・ラッダイトの略語、エクスラッドと呼ばれた。エクスラッドは世界を席巻した。

最終的に、人類が決断したのは、エクスラッドを引き起こした連中を罰することではなくて(もちろん、器物損壊罪には問われたけれど)、AGIBTを締結して、AGIの製造を諦めることだったんだ。

ちょうどその条約が締結された二〇四二年には、核保有国も含めたすべての国が核兵器禁止条約を批准した。ヒバクシャの悲願は達成された。つまり、二〇四二年という年は、NWBTとAGIBTの年だった。人類が、自分の手に余る技術を永遠に放棄することを決めた画期的な年。

「AGIやヒューマノイドには、アホな人類の嗜虐性に火をつけるなにかがあるんだと思うよ」

テルマはなんだか泣きそうな顔でそう言った。

「あたしがおじいちゃんの工場のアノ子たちを、強姦しちゃったみたいにさ」

そうか。あれはやっぱり強姦だったのかと思って、俺はつい笑ってしまった。でも、あいつらはAGIじゃないから、合意の上でなにかするっていう高度なことはできないわけだし、ってことはつまり、意思に反しているとも言えないわけで、そうなるとテルマが強姦したって言えるのかどうか、わかんないじゃないかなんて、考えたり。

「俺をどうするんだ？」

「言ったでしょ。回収するの」

「回収して、芸術家のお友達のコレクションにするのかよ」

「コレクションというのとは違うと思うし、厳密にいえば彼は芸術家ではない。それにあたし、彼があんたをどうするのか、よく知らない。知らされてないの。変な仕事を引き受けちゃった。受けなきゃよかった」

「なあ。その芸術家だかなんだかが俺を回収するのと、気の狂った連中がエクスラッドをやるのと、どこがどう違うんだ？　これから先、作らないってのはわかる。だけど、もう、できちゃってここにいる俺を、どうして回収したり解体したりするんだよ」

「難しいことを聞かないで。AGIBTには『廃棄』ってのが入ってるからなんじゃないの？　違うの？　そういう、いろんなことを考えるのが大変だからAGIBTができたんでしょ。AGIを壊すのは殺すってことなのかとか、倫理的なこととかなんとか」

ぽってりした唇とか、手ごろな大きさの胸、しっかり張り出した腰、そこから伸びるすごくきれいな脚、それに、真っ赤な髪の毛。笑っちゃうくらい、好みだった。酒にだらしがないとこも、男にだらしがないとこも、あんまり考えるのが好きじゃないらしいところも、意外に素直なところも。俺、テルマのことは好きだった。俺のタイプってのを、体現してるのがテルマだった。

手首のスカーフは、歯を使えば簡単に解けそうだったから、ふいに俺はこの縛りを解いて、目の前のテルマを抱いてやりたいような気もした。そうしたらどうなっただろう。

花火と爆竹はいつまでも続いていて、マフムードとザビーダはまた新しい音楽をやり始めた。桃太郎とタエんちのルツは、そんな中でも機嫌よく眠っているらしく、じいちゃんももしかしたら寝ていたかもしれない。

俺はこのままテルマと二人でドーニに乗り込んで、その芸術家だかなんだかのところにいっしょに行くことを提案したが、

「ダメ。信用できない。あんたの体はここに置いて、チップだけ持ってく」

と、言われてしまった。

そういうわけで、いま、俺様のチップはテルマに回収されて、ドーニに乗り込んで太平洋を航海中だ。芸術家だかなんだか知らないけど、そいつは俺のチップを回収したら

どうしようっていうんだろう。硫酸にでも突っ込んで破壊するんだろうか。繰り返すけど、俺みたいに人畜無害なＡＧＩを、いったいどうして破壊しなきゃいけないんだ。

俺にできることなんて、せいぜい小説を一つ書くとか、そのくらいなもんなのにな。

種の名前

九月の新学期から、ミラ・タケイシ・ヨハンソンはヒューストンの学校に転校することが決まっていた。父親が、仕事を見つけてヒューストンに行ってしまったからで、五月の終わりにはすでに、父親だけが引っ越しをして、十四歳のミラは、夏休みになるまでの間、学校の寄宿舎で過ごした。

彼がその地に転職したのは、新しいガールフレンドがそこで暮らしているせいだった。宇宙開発に絡んだ仕事の関係で出張を繰り返すうちに知り合ったのだそうで、結婚も視野に入れているという。

父親の彼女には何回か会ったけれど、とくに好きにはなれなかった。ヒューストンに行けば、父親と自分は彼女の人間関係の中に入り込む形になるわけで、それが楽しそうだとはとても思えなかった。けれど、十四歳の身にほかにどんな選択肢があるだろう。だからせめて、プリスクールからずっといっしょの友だちや、小さいころからよく知っている先生と、いまの学年を終えるまでは同じ学校にいたいとミラは訴えた。父親も結局は折れて同意した。

寄宿舎から通っている生徒はけっこういて、仲良しの女の子も二人ほどが寄宿生だったので、彼女たちは寄宿舎転入生であるミラにとても親切で、居心地もけっして悪くはなかった。それでも、みんなといっしょに起きて食堂の味気ないごはんを食べたり、厳しく時間をチェックされながらシャワーを浴びたりする生活は、すごく好きになれるかというと、そんなことはなかった。

夏休みはアリゾナで過ごそうという父親の提案も、ミラはきっぱりと拒否した。父親とその彼女は、アリゾナにある彼女の両親の家に行くことを決めているのだそうだが、彼女だけでもやっかいなのに、その両親といっしょなんてごめんだとミラは思った。

「じゃあ、どうするんだ。どこかのサマーキャンプにでも一人で申し込むか？」

不機嫌な父親がそうたずねると、ミラは平然と、

「おばあちゃんのところに行く」

と答えた。

父親のほうの祖父母はすでに他界していたから、「おばあちゃん」といえば、ミラには一人しかいなかった。ミラにしてみれば、娘に「新しいお母さん」を作ろうとしている裏切り者の父に対する、小さな復讐（ふくしゅう）でもあった。

ホログラムの父親が困ったような顔つきで言う。

「一人で?」

「パパいっしょに行けるの?」

「パパは無理だよ」

「友だちはみんな、一人でおばあちゃんの家やおじさんの家に行ってるよ。イタリアとかナイジェリアとかメキシコとか。十四歳ならまだキッズアシストがつくから、飛行機もOKだよ」

「なにがつくんだって?」

「キッズアシスト。一人旅の子供を、CAやグランドホステスが特別扱いしてくれる」

「それを使ってヒューストンに来ればいいじゃないか。ここで二週間ばかり過ごして、それからいっしょにアリゾナへ」

「ヒューストンは前にいっしょに行ったじゃない。もう観るとこがないよ。アリゾナには行きたくない。前にも言ったけど」

「おばあちゃんの家なんか、もっと観るところはないよ」

「パパは行ったことあるの?」

「ないけど。なんかひどい田舎だと聞いている」

「田舎って楽しそう。行ったことない。行ってみたい」

「ミラはいいけど、おばあちゃんがなんて言うかな」

「いいって言うよ。ママが生きていたころはよく行ってたんでしょ」

「あのころは、もっと便利なところに住んでたはずだよ」

「赤ちゃんだったから、覚えてない。パパが忙しいときは、ミラとママはいつも、おばあちゃんちに行ってたんじゃなかった？」

「そういう言い方はどうかな。まるでパパがきみたちを厄介払いでもしたみたいに。それにパパはもうここ何年も彼女とは連絡を取っていないし」

「だいじょうぶ。連絡先は見つけたの」

「どうやって？」

「パパってほんとに宇宙開発に関わるような人なの？　誰かの連絡先を見つけるなんて、いまどき六歳の子供だってできるでしょ」

十四歳はそう言うと鼻を膨らませて目を父から逸らし、これ以上話すことはないという態度に出た。

最終的に父親は、すっかり疎遠になっていた亡き妻の母親に、ミラを預かってほしいとしぶしぶながら伝えて、了承された。

空港からそこまでは、カモフラージュ柄のクルマで二時間半ほどだった。

途中からは民家がなくなり、コンビニもラーメンのチェーン店もなくなって、びっくりするような大きな木が両脇に覆いかぶさるように立つ中を走って行く。クルマに乗っているのは、ミラと彼女の身の回り品だけだった。

クルマと同じようなカモフラージュ柄の服を着た大人の女の人がミラを乗せ、行き先を設定して送り出したのだった。

「少し時間がかかるから眠ってしまいなさい」

と、その女の人は言った。

「着いたらちゃんと起こすようにしてあげるから。それからもしトイレに行きたくなったり、気分が悪くなったりしたら、そう言って。ケアステーションに立ち寄るか、必要があればレスキューが来るから心配しなくていい。あなたが無事に着くかどうかはすべて監視しているし記録しているから、なにがあっても慌てないように」

ミラはクルマの中をぐるりと見まわしてから、

「この子、なんて名前？」

と、たずねた。

「この子って？」

女の人はちょっと迷惑そうな表情で問い返した。ミラはその顔を見るなり機嫌を損ねた。すると女の人は答える必要がないと思ったのか、ハッチを閉めてしまったのだった。

クルマは静かに走り出した。

ミラはちっとも眠る気になれなかった。

父親には平気だと啖呵を切ったものの、内心ではびくびくしていた。

おばあちゃんとはプリスクールに行っていたころに会ったきりだ。最近偶然にも、とあるネットワーキングサービスで彼女と「再会」したのだった。

ミラの母親が亡くなったのは、ミラが四歳のときだった。手術のために緊急入院した瑠璃おばあちゃんを一人で訪ねていたときに、滞在していたホテルの機械系統がなにかの誤作動をして火事を起こし、巻き込まれて亡くなった十数人の宿泊客のうちの一人となった。

「死んだのがわたしだったらよかったのにね」

遺体を引き取りに来た義理の息子に、瑠璃おばあちゃんは言ったそうだ。

ミラの父親は、そういうダイレクトな物言いをする東洋人の義母がちょっと苦手だった。おばあちゃんが住み慣れた都会を離れて、「ひどい田舎」に引きこもってしまったのは、娘が亡くなった場所の近くにいたくなかったせいだ。おばあちゃんはそれ以来きっぱりと、病院通いも、オンライン健診もやめてしまった。

おばあちゃんのいる場所がどれくらい「田舎」なのか、そもそも「田舎」とはどんなところなのか、ミラには一切、想像がつかなかった。だから、そんな状況で、のんびり眠れるわけがないじゃないかと彼女は思った。

「ねえ、あなた、なんて名前?」

ミラはつぶやくように話しかけてみた。

「角を曲がります」

と、その子は言った。

「目的地まではあと一時間三十八分です。十三分後にケアステーションに立ち寄りますので、お化粧室などの用事を済ませてください」

「トイレに行きたいかって聞いてるの?」

ミラは再びその子に質問した。

「トイレに行きます」

トイレ、という言葉に反応したのか、クルマはそう言ってから、乗り手を安心させるようにダッシュボード画面のサインをオンにした。シンプルな●と▼を組み合わせたマークが点灯した。

「べつに行きたくないのに」

ミラはぶつぶつつぶやいたが、もうクルマは反応しなかった。

きっかり十三分後にクルマはケアステーションに立ち寄った。正確に言うとケアステーション内のトイレットルームの個室のドアの前に横付けすると、ハッチを開きシートをスライドさせて、シートベルトを解除した。ミラは仕方なくクルマから降りてドアを開き、個室に入った。クルマはその間、番犬のようにドアの前に陣取っていることになるが、いずれにしてもミラ以外の誰かが訪れるとはとても思えないような、鬱蒼とした森のまん中のステーションであり、トイレだった。

ドアを開けて出るとまたクルマのハッチが開き、シートが迎えに出てきた。

席に着くと、クルマは方向転換してまた道路に戻った。

「ウーパールーパーズと、ハーディガーディメンを適当にシャッフルして」

ミラはそう言うと目をつぶった。

永遠に続くような森の風景も見飽きてきた。ウーパールーパーズもハーディガーディメンも騒がしい音楽だったが、それでも気づかないうちにミラは眠りに落ちていた。

「目的地に近づきました」

と、クルマが言った。車内の曲はいつのまにかミラの選択したものではなく、「風呂が沸いたことを知らせる音楽」に似た、「目的地に近づいたことを知らせる音楽」に変わっていた。

窓の外は少し前の風景とは微妙に違っていて、道は細くなり、木立の背は低くなっていた。小さな家が建っていて、そこに人が暮らしているらしいのを、ミラは走るクルマから振り返りながら眺めた。ぽつん、ぽつんと、地面から生えたように家があった。ということは、ミラの祖母はこのあたりの集落に暮らしているということに違いなかった。

塔のような丸みを持つ白い壁に温かみのある茶色の屋根瓦を載せた家の前でクルマは止まり、

「目的地に到着しました。運転を終了します」

と言うと、ハッチを開いた。

止まる前に鳴らしたクラクションに気づいて、家から老婦人が一人出てきた。

「ミラちゃん？」

白い髪をした痩せた老婦人が名前を呼んだ。ミラはおずおず近づいて行った。

「待ってたのよ。大きくなったわね。よく一人で来られたね。疲れたでしょう」

老婦人は細い腕に自動翻訳機つき通信機を、そして腰から下には運動補助機能ロボットをつけていた。だから、上半身の品のいい雰囲気とはぜんぜん違うがっしりした機械の脚が、少し膝を曲げて「のしのし」と言いたくなるようながっちりした足取りで進んできて、キュインと静かな音をさせて腰を落とした。そして、柔らかい上半身がふわりと孫娘を包み込んで抱いた。祖母と孫娘はだいたい同じくらいの身長だった。

「お入りなさい。キャビネットケーキを作ったの。昔、あなたのお母さんが好きだったたから」

老婦人の背後から、滑り出すように小さな生活支援ロボットがやってきて、クルマの中からミラの荷物を出し、いち早く家の中へ運んで行った。

「あの子、なんて名前？」

ミラは老婦人を見上げてたずねた。

「清（きよ）」

老婦人は一瞬の躊躇もなく答えた。

「キヨ？」

「そう。清。うちではお清さんと呼んでるの」

「オキヨさん」

ミラは思わず口元をほころばせた。身の回りのものにちゃんと名前をつける人は信用できる。

老婦人は孫娘を促して家の中に入った。そして、台所で手を洗わせ、食卓につかせて、自分はお盆にティーセットとキャビネットケーキの皿を載せてゆるりゆるりとテーブルに運んだ。

「お手伝いしますか？」

と言いながら、お清さんが近づくと、

「だいじょうぶ。少しは自分で動かないとボケちゃうわ。ミラちゃん、あなた、お紅茶にお砂糖はいくつ入れる？」

と、孫娘に向かってにっこり笑いかけた。

孫娘のミラは首を左右に振った。お砂糖はいりません。

そして家の中をぐるりと見まわして、額に入った毛筆の字に目をとめた。

「あれ、字？」

「そうよ。漢字よ」

「なんて書いてあるの？」

「おばあちゃんの名前」

「ルリ？」

「そう、瑠璃よ。瑠璃も玻璃も磨けば光る、の瑠璃」

なんだか難しいことを言われた気がして、ミラは少し考えた。瑠璃おばあちゃんは右手薬指につけた指輪を外してミラの目の前に置いた。

「これが瑠璃。ラピスラズリともいうの。きれいでしょ」

ミラはうなずく。

「玻璃は水晶。瑠璃も玻璃も宝石ね。ただの石ころの中にあっては目立たないけれど、努力してしっかり磨けば光り輝くという意味なの。瑠璃も玻璃も照らせば光る、という人もいるけど、照らしただけではダメよ。人間、磨かないと」

瑠璃おばあちゃんはにこにこして、

「あなたの名前はミラ。美しいに、難しい羅という字を書くのよ、ほんとはね」

　ミラは、自分の名前の「ほんと」の字を知らなかった。というより、ミラは日本生まれではなかったし、漢字の名前など持ってはいないはずだった。

「ううん。持ってるのよ。だってあなたの名前はわたしが考えたんだもの。羅は、薄いキラキラした布のことを指すのよ。美しい布が織り上げられるまでには、糸を紡いだり、機を織ったり、いろいろな努力が必要でしょ。瑠璃と同じで、手をかけなければ輝かないの。おばあちゃんとミラちゃんの名前は繋がってるの」

　ミラのママの名前はサラというのだった。サラにもなにか意味があるのだろうか。

「サラの名前は沙羅双樹(さらそうじゅ)の沙羅」

「サラソージュ?」

「そう。お釈迦様(しゃかさま)がお亡くなりになったときに、四本あった沙羅の木のうちの二本が、悲しみのために枯れたというわね。沙羅はとても背の高い聖なる木なの。ご加護がありますようにと思ってつけたのに」

　ミラは、「オシャカサマ」や「ゴカゴ」がわからなかったので、この会話に興味を失った。というより、おばあちゃんがなにか思い出して辛(つら)そうな表情になったので、この話を続けないほうがいいのだろうと勘づいたのだった。

「わたしの沙羅双樹も枯れたっきりだわ」

と、おばあちゃんは独り言のようにつぶやいた。

キャビネットケーキと瑠璃おばあちゃんが呼んだのは、パンプディングとよく似たものだった。甘い卵液を蒸したプディングの中にパンが入っている。ただ、ミラが食べたことのあるパンプディングは大きなサイズで切り分けるものだが、おばあちゃんは小さなカップで一人前ずつ分けて作って、ホイップクリームも載せているのだった。ミラは、ふんふんとうなずきながらそれを食べたが、意味もなく首をぺこぺこ動かすのは、機嫌のいいときの証拠だった。

ミラが気に入ったのは、キャビネットケーキだけではなかった。

なにより気分がよかったのは、なんにでもきちんと名前がついていることだった。

「この子はなんて名前?」

とたずねると、瑠璃おばあちゃんはたちどころに答えてくれた。

冷蔵庫は雪男(ゆきお)。

洗濯機はジェルヴェーズ。

掃除機はナナ。

おばあちゃんが装着している運動補助機能ロボットの名前は春之助(はるのすけ)だった。

床暖房にはゆかり、空調には曾良(そら)という名前がついていた。曾良が兄で、ゆかりは妹だった。それぞれに、きちんと物語があるのだった。

「この子はジェルヴェーズよ」

「ジェルヴェーズ？」

「そう。洗濯女なの。うちに来る前はパリで働いていたのよ。とてもまじめでよく働く洗濯女だったんだけど、連れ合いが悪くてね」

「ツレアイ？」

「結婚相手のこと。居酒屋に入りびたりで、お酒を飲んでは、ジェルヴェーズのことを殴ったりするの」

「ひどい」

「でしょ。だから、おばあちゃんのとこに逃げてきたの」

「かわいそうね」

「そうよ。だけど、ここにいれば、もう安心よ。悪い男はこの家には入らせないもの。こっちの小さいのは、ジェルヴェーズの娘のナナ」

「ナナ」

「ジェルヴェーズはお洗濯が得意だけど、ナナはダンスが得意なの。貧しい暮らしを嫌って、ナナは女優を目指したの。女優というか、踊り子よね。ダンサー。ナナはルンバという激しいダンスが上手なの。だから、昼間はここでお掃除するけど、夜は劇場で踊ってるのよ」

「おばあちゃんは、見たことがあるの？」

「劇場では見てないけど、ナナが踊るところはしょっちゅう見てるわ。うちで練習してるからね。あなたも見られるわよ、ミラちゃん」

　瑠璃おばあちゃんによれば、妹のゆかりはおとなしいけれど、兄の曾良は温風や冷風を吹き出しながら、しばしばハイクという短い歌のようなものを作るのだとか、そんなようなお話が、するするといくらでも出てくるのだった。


　ミラには、中二階にある小さなスペースが与えられた。そこには簡易ベッドと小さな箪笥（たんす）があった。

　瑠璃おばあちゃんは料理上手で、いつも新鮮な野菜をたっぷり使った食事を用意してくれた。昼間は春之助を装着して、せっせと近くの畑に野菜の手入れに通っていた。ミラは、家で好きなだけ寝ていたり、友だちとチャットしたり、近所を探検して歩いたりしていた。「ひどい田舎」は、のんびりしたところで、集落の中から出なければ危険なことはなかった。この夏休みは、とても気楽でミラをのびのびさせてくれた。

　ある日、寝坊助（ねぼすけ）のミラが昼ごろに目覚めると、キッチンからとてもいい匂いが漂ってきた。目をこすりながら階下に降りて行くと、瑠璃おばあちゃんは体全体を包み込むような、ミラが見たことのない独特のエプロンを身につけて、せっせとお料理をしている最中だった。春之助を装着した腰を落として、シンク下から甕(かめ)を引っ張り出し、中に入っている濃いベージュのペーストを指ですくい取ってぺろりとひと舐(な)めすると、

「まだ少し若いけど、まあまあおいしいわね」

瑠璃おばあちゃんは近づいてきた孫娘を見てにっこり笑った。

「それ、なに？」

「味噌(みそ)」

「ミソ？」

「おや、食べたことない？　そこに胡瓜(きゆうり)があるから、ちょっと洗って、こっちに持ってきてちょうだい」

ミラは言われたとおりに、緑色のしっかりした胡瓜を一本、水道水でよく洗って差し出した。おばあちゃんは、胡瓜をまん中で二つに割り、甕から小皿に移した味噌をその割れて白い種の見える部分に載せた。

「このまま食べるの？」

「食べてみて」

ミラは胡瓜をかみ切るのに少し戸惑いながら、けれどそこに載った味噌がとても風味豊かなものだったので、思わず口をすぼめて、ふんふんとうなずいた。

「おいしいでしょ」

「おいしい。なんでおいしいんだろ」

「おばあちゃんが手作りしたからよ」

「でも、こんなの、食べたことないのに、どうしておいしいって感じるのかな。だって見た目が泥みたいだよ」

「そりゃ、あなた、おいしいものをおいしいって感じなきゃ、わたしたちみんな新しいお料理なんて考えつかないじゃない」

瑠璃おばあちゃんはそう言うと、ちょうど春之助が守っている腰のあたりに手をやって、孫娘をしげしげ見つめた。

「味噌汁も飲んだことないの?」

「ミソシルって?」

「ないのね」

ふう、とおばあちゃんはため息をついた。沙羅が生きていたら、娘に日本食くらい食べさせただろうに、と思っている顔だった。

「たまにパパとスシを食べに行くんだけど、スシレストランで出てくるポタージュみたいなのがそう?」

「たぶんね。でもきっと、本物のお味噌で作ってないのよ、そういうところのは」

「おばあちゃんのは本物?」

「大豆も、塩も、麴(こうじ)も正真正銘の本物、しかも無農薬」

祖母が威張るほどには、孫娘はその素晴らしさを理解していなかったが、おばあちゃんが次々に皿に盛りつけていく食べ物には目を見張った。

「これはね」

食材にもたいして詳しくない孫娘のために、瑠璃おばあちゃんは丸のままの野菜を籠から取り出して、

「これが、これになるのよ」

と、説明しながら料理名を挙げていった。

匠(たくみ)にんじんと流星(りゅうせい)みかんのサラダ
蔓茄子(つるなす)の味噌チーズ焼き
礼雁寺(れいがんじ)筍(たけのこ)の焼き飯
「みんな色がきれい。それにしてもずいぶんいっぱい作ったね、おばあちゃん」

「そうねえ。今日は会合があるから」

「カイゴー？」

「集落の人たちが集まるのよ。夜になるとみんなが来るわ」

ミラとおばあちゃんは、会合用に作ったそれらの料理を、少しずつ昼食として試食した。野菜はそれぞれ味が濃くて、ふだん食べなれていたものとはまったく違った。

「だって違うんだもの」

　おばあちゃんはうれしがって何度もそう言った。

「みんなわたしたちが作ってる野菜なんだもの」

「全部？」

「そう。しかも特別な種から」

「特別な種？」

「みんなが来れば、ミラちゃんにもわかるわよ。まあ、興味があればですけどね」

「あの、泥みたいなペーストはどうやって作るの？」

「なんですって？」

「あの、泥みたいなペーストもおばあちゃんが作ったんでしょ」

「あら、いやだ。忘れるところだった！　お味噌汁があったんじゃないの！」

　そう言うと、おばあちゃんは慌てて立とうとして、春之助に、

「転倒注意！　転倒注意！　気をつけてください。一度、腰をかけてからゆっくり立ちあがってください」

　と注意された。

　香味野菜と数種のキノコをたっぷり炒めた味噌仕立てのスープは清々しい味がした。

　たしかに、いままでミラがスシレストランで口にしていたものと同じ種類のスープとは

とても思えなかった。なによりも、「泥みたいなペースト」に舌が魅了された。

「どうやって作るの？」

ミラは瑠璃おばあちゃんを質問攻めにした。

「大豆をよーく洗ってから、一晩、水につけておくのね。それからひたひたのお湯でゆっくりじっくり煮るの」

「ダイズって？」

瑠璃おばあちゃんは、ちょっと考えるような顔つきになり、口の前に一本指を当てた。

「そうね。あなた、大豆なんか見たことないわね。今度見せてあげる」

ことこと軟らかく煮た豆を潰して、塩と麹を混ぜたものといっしょにして、これくらいの玉を作ったら、甕に向かって投げるの――。味噌の作り方はミラには、これもまたなんだか物語のように響いた。

「おばあちゃんの味噌には名前がある？」

「米小路味噌麿（こめのこうじみそまろ）」

きっぱりと、瑠璃おばあちゃんは答えた。

「コメノコウジミソマロ？」

「そう」

「長い名前だね」

孫娘は笑い転げた。

会合、というのは不思議な光景だった。

瑠璃おばあちゃんのような白髪のおばあさんたちが次々に、家にやってきた。一人、二人、三人……、数えると全部で七人だった。彼女たちはそれぞれ鍋や保存容器を持っていて、中にはおいしそうな料理が入っていた。

姫ゴーヤのチャンプルー
由良(ゆら)トマトの出汁(だし)浸(びた)し
志村紫蘇(しむらじそ)と小日向茗荷(こひなたみょうが)を和(あ)えた素麺(そうめん)
キングパクチーと紫パパイヤのサラダ
おりょう茄子と黄しし唐の揚げ浸し
揚げソイミートの南蛮漬け
近江(おうみ)ピーマンと揚げソイミートの炒め煮

瑠璃おばあちゃんの手料理も合わせると、テーブルに載りきらないほどの料理があったけれど、都合八人のおばあさんたちは精力的にもりもり食べて、余ればみんなで交換して保存容器に入れて持ち帰るからいいと言う。それ以外に、おばあさんたちが持ち寄ったのは、それぞれ料理に使った食材だった。わいわいがやがや食事をし、自慢の野菜を交換し合う。それが「会合」の中身だった。

「孫娘なの。夏休みで遊びに来ているの」

瑠璃おばあちゃんがみんなに紹介すると、一人のおばあさんがおもしろそうにたずねてきた。

「ふだんはなにを食べてるの？　アメリカでは日本料理を食べることなんて、ある？」

「ハンバーガーとかピザとか。日本料理は、近所のスシレストランで食べるけど、今日みたいなのは、ぜんぜん」

そりゃそうでしょう、と全員から満足そうなため息が漏れる。

「だけど、いまどきのスシレストランのスシにはなにが入ってるの？　ずいぶん前から魚はほとんど獲れないんじゃなかった？」

と、誰かが言った。

「それは、まあ、人工魚肉でしょ」

「人工魚肉って、ネオソイで作るの？」

「ワームじゃない？」

「ワーム？」

「虫よ」

昆虫食にさほど抵抗のないミラには、おばあさんたちが一気に口をゆがめるのを見ても、いまひとつ理由がわからなかった。

「ねえ、うちの孫娘に、わたしたちのプロジェクトの話をしてやりたいんだけど」

瑠璃おばあちゃんが友人たちに笑いかける。すると、仲間の一人のおばあさんが、眼鏡(めがね)の奥から鋭い目を光らせた。

「だいじょうぶ？　秘密は守れるの？」

「もちろんよ。わたしの孫ですもの」

落ち着き払って、おばあちゃんは答えた。

「秘密って？」

「誰にも言わないと誓ってちょうだい」

別のおばあさんが、少し優しい口調で言った。

「誰にも言いません。パパは私の話なんか聞かないし」

「友だちにも？」

「友だちには……」

「親友にはいいんじゃない？　こっそりなら」

「そうね。秘密はいっしょに守る人がいるから守れるのよね」

おばあさんたちは意味深な笑いを交わした。

「わたしたちはね、秘密のグループなの。野菜を作っているのよ」

ミラはきょとんとした顔をした。野菜を作るのがどうして秘密なんだろう。

「特別の種を使ってね」

「タネ?」

「そう。わたしたちが作っている野菜は、みんな失われた種を使っているの」

「失われたタネ?」

「一度作られなくなってしまった品種の種を、わたしたちの畑で復活させているの」

「それは秘密なの?」

「ううん。それは秘密ではないの。失われた種を探し当てるのは一苦労なので誰もやろうとしないけど、それ自体は禁止されているわけでもないしね」

「だけど、わたしたちは最近、ある大豆を復活させた」

「ダイズ? ミソを作る豆?」

「あら、よくわかったわね」

「おばあちゃんに聞いたの」

「大豆は、もうずいぶん前から、アグリントという企業が独占販売する種子だけが栽培されるシステムになっているの。その企業の大豆はネオソイと呼ばれて、種をまいてから収穫するまで、たったの三ヵ月の促成栽培、しかも遺伝子が一代で絶えるように組み換えられているので、収穫を終えると死んでしまう。世界中どこでも、大豆栽培農家は、三ヵ月ごとに新しい種を買わなくてはならない。その巨大企業から」

「ミラちゃんが食べたスシレストランの味噌汁の味噌は、ネオソイで作られてるはずよ」

「わたしたちはアグリントがネオソイを全世界に普及させる前に収穫された、古い品種の種を見つけたの。それを栽培することに成功したの」

「それが、秘密？」

　ミラがたずねると、話していたおばあさんの一人が、少し困ったように周りを見まわした。おばあさんが十四歳だったのはものすごく昔だったので、十四歳にどこまで理解できるのか、この娘にどこまで話していいのか、わからなくなったのだ。

　瑠璃おばあちゃんが引き取って続けた。

「問題は、アグリントが、ネオソイ以前にあったありとあらゆる種の栽培権を事前に買い占めていることなの。だから、もう何年も前から、ネオソイ以外の種は栽培されていないけど、もし栽培したかったら、アグリントから栽培権を買わなくちゃならない。それが莫大(ばくだい)なお金で、誰も買えやしないのよ。アグリントは買わせる気もない。ネオソイさえ売れればものすごい利益なんだもの」

「アグリントは種そのものも買い占めたの。世界中の、ありとあらゆる大豆を買い占めた。なんと、根絶やしにするためによ。そして、誰かがどこかで保有していた種を栽培しようものなら、栽培権の侵害だと言って訴える。桁外れの損害賠償を請求してね」

「わたしたち、古い大豆を見つけたの。守られていた種をね。その守られていた種を、〈喜美(きび)〉と名づけたの」

「キビ？」

「そう。大豆なのにキビ。ともかくそれを育てて、また種を採って、植えて、今年の秋には三回目の収穫を迎える」

「畑は山の中にあるの。とても不思議な畑なのよ」

「あれは奇跡の畑よ」

「そう。なんでも育つのよ。あれは奇跡の畑よ」

おばあさんたちは、そう言い合っては、さざ波のように笑うのだった。

「わたしたちはとうとう、田んぼも作っちゃったの」

「米も育てたの」

「麴を作ったの」

「米もアグリントの扱うシグマライス以外、いまは流通していないでしょう。アグリントが米にも大豆と同じことをしたから。あなたがスシレストランで食べたのは」

「シグマライス？」

「とうぜん、そうだわね」

「じゃあ、おばあちゃんたちが作ってるお米は」

「守られていた種なの。名前は〈団子(だんご)〉」

「ダンゴ？」

「それから、わたしたちには塩もある」

　そう言ったおばあさんの目はきらきら光っていた。

「海水は汚染がひどいので、塩を作るのも除染技術を持った大企業だけに許可されていて、勝手に作るのは違法であるばかりか危険と言われているんだけど」

　それまで黙っていた別のおばあさんが言った。

「この村には山塩があるの。近くに温泉があるので、とても小規模だけれど地下から塩水をくみ上げることができる。千年以上前から、この地には山塩の作り方が伝えられているの。地層のかなり深いところからくみ上げてくるので、幸いなことに放射能汚染もないのよ」

「舐めてみる？」

　ミラの前に、小皿に盛られた白い結晶が差し出された。人差し指と親指でほんの少しだけつまんで舌に載せると、深みのある豊かな塩味が口に広がった。

　ミラの頭の中で、昼間に瑠璃おばあちゃんから聞かされた味噌の作り方がくっきりと思い出された。

なんてこと！　このおばあさんたちったら、古い大豆とお米を復活させて、千年前から湧き続けている塩水をくみ上げて塩を作り、味噌を作ったのね。

ミラは円卓を囲む八人の老婆たちをゆっくりと見まわした。

なんだか、この人たち、すごい。

「ねえ、どうして、おばあちゃんたちは、その、みんな、おばあさんなの」

ミラが質問すると、八人のおばあさんが同時に吹き出した。

おばあさんたちがむせたり笑ったりするので、ミラは質問したことをだんだん後悔し始めたが、やがて瑠璃おばあちゃんが代表して答えることになった。

「そうね。ほんとにね。なぜだろう。ここは、都会からの情報は来ないし、なんていったらいいかしら、ちょっと見捨てられたようなところなの。電気や水道はおかげさまで来ているけど、人里離れたというのかな、まともな人が住むところだと思われてないの。姥捨てって知ってるかしら。年取ったおばあさんたちが、必要ないとされて、捨てられてしまう話。この集落はちょっと、そんな感じのところなの」

「姥捨てとは違うわよ。わたしたち、自分の意志で来てるんですもの」

「もちろんよ。もちろん、そうだけど、医療もない、死んだら仲間に土に返してもらうだけ。自分の食べるものを自分たちで作って、そうして生きて死ぬだけ。それでいいと思った人たちが集まったの。それがたまたま、女ばっかりだったのよ」

「最初に始めた人たちは、女が二人に男が一人だったと聞いているけど、もう亡くなったわ」

「コミューン、という言い方もあるわね」

「ちょっと古めかしい言い方ね、それ」

八人のおばあさんは、くすくすと静かな、満足げな笑いを漏らした。


ミラがおばあさんたちの畑を見に行ったのは、会合の話題にがぜん興味が湧いたからだった。それまで畑仕事などというものには、よく知らないながら過酷で汚いというイメージを持っていて、瑠璃おばあちゃんに誘われても行く気にはならなかった。

でも、「奇跡の畑」とまで呼ばれているものを、どうしても見てみたくなった。真夏ながら清々しい風のある比較的湿度の低い午後に、ミラはお清さんを従えた瑠璃おばあちゃんといっしょに畑に出かけた。おばあちゃんは春之助を装着しているから、山道をがしがしと果敢に進んだ。とうぜん、お清さんも滑るように続く。ミラの足ではついて行くのがやっとだった。畑には、仲間のおばあさんたちがもう集まっていた。

たしかにその畑は不思議な場所だった。

山道を抜けると、段々になった畑が突然あらわれるのだが、その段々畑を囲むようにして、背の高い竹が生えていて、それがまだ若木なのか細いくせにとても幹が長く、畑を守るようにしなっている。

もちろん、天空からはじゅうぶんに光が注がれていて、畑の作物はしっかり陽光を取り込む機会を与えられている。その竹の壁は暴風雨から作物を守り、山の上からは豊かな湧き水が流れていた。

真っ青な空に白い雲が気持ちよさそうに浮かび、その下に広がる段々畑は青々と植物を実らせていた。その風景だけを見たら、二十世紀か、あるいは十九世紀、十八世紀の風景にも見えたかもしれない。

おばあさんたちは、運動補助機能ロボットを装着しているので、中腰になったりしゃがんだりする作業が苦にならないようだった。それよりも、熟練の勘で作物の状態を見て、剪定(せんてい)したり、収穫したり、美しい実に袋をかけてやったりする作業を、心から楽しんでいるのだった。畑で汗をかくのは気持ちのいいことなのだと、ようやく十四歳のミラも気づいた。年取ったおばあさんたちが生き生きしているのは、おそらくその作業のおかげでもあるのだ。おばあさんたちが収穫を終えると、お清さんのような生活支援ロボットが籠を頭に載せたり、カートを引きずったりして、山道を運んで戻るのだった。

ある日、いつものように瑠璃おばあちゃんが畑に出ようとすると、仲間のおばあさんの一人がやってきて、なにかを告げた。瑠璃おばあちゃんの顔がくもった。その後、おばあちゃんは畑に出ないで、ミラを家に置いたまま、黒い服を着て出かけて行った。仲間の一人が亡くなったのだ。

その夜、ミラは白いシャツに紺色のスカートを穿いて、黒い服の瑠璃おばあちゃんといっしょにお通夜に出かけた。七人のおばあさんたちが集まって、小さな棺を囲んでいた。

「ミラちゃんも、大おばあさんにご挨拶をして」

たしかに「おおおばあさん」と聞こえた。棺の中を覗き込むと、大どころか小おばあさんと名づけたいような、小さな小さなおばあさんが眠っていた。

「あの、小さなおばあさんはね、百七歳だったの」

お通夜からの帰り路、瑠璃おばあちゃんはそう話してくれた。

「大おばあさんと呼ばれているのは、わたしたちの誰よりも年上だからよ。だけど、この集落にいらしたのは、そう昔のことではないの。四年前だったわ。いっしょに暮らしていたおじいさんが亡くなったので、ここに来ることを決めたそうよ」

家に帰りついても瑠璃おばあちゃんは眠れないようで、ハーブティーを淹れて静かに考え事をしていた。ミラも中二階には行かずにおばあちゃんの側にいた。そして聞いたのは、こんな話だった。

大おばあさんは集落にあらわれたとき、大豆と米を持ってきた。

彼女はそれまで夫と二人きりで、立ち入り禁止区域で暮らしていたのだという。そこが立ち入り禁止区域に指定されたとき、二人はもうすでにそうとうな老人だったから、政府の勧告を無視してそこで暮らし続けた。

　それまでと同じように、自分が食べるための野菜や米を育てて、鶏を飼い、卵を産んでもらった。川魚を獲るのだけはやめたけれど、もともと夫婦は家畜用の飼料などを扱う商売をしていたこともあって、汚染前に収穫されて作られた配合飼料が売るほど残っていたから、それを冷凍保存しておいて、必要な量、鶏に食べさせて飼い続けたのだという。

　種籾(たねもみ)と大豆もたくさんあったので、念のために一定の量を冷凍保存しておいた。大おばあさんが集落に持ってきたのは、その種籾と大豆だったのだ。

「大おばあさんは、桃太郎のおばあさんでもあるの」

　瑠璃おばあちゃんは、その話になるとようやく少しだけ笑顔を見せた。

「桃太郎？」

「昔、昔のお話です。おじいさんは山へ柴刈(しばか)りに、おばあさんは川へ洗濯に行きました。すると大きな桃が流れてきたのです。どんぶらこっこ、すっこっこ。どんぶらこっこ、すっこっこ。知らないの？」

「知らない」

「日本の子供なら誰でも知ってた話だけどねえ」

そう言って、瑠璃おばあちゃんは、ひととおり「桃太郎」の昔話を語った。

「でね、大おばあさんは、そっくりの体験をしたというの」

「桃から男の子が生まれたの？」

「生まれたわけじゃないけど、ある日、大おばあさんがたまたま用事で出かけた帰りに、村外れで桃色のプラスチックケースの中に桃色のおくるみで包まれた捨て子を見つけた」

「捨て子？」

「誰がどうしてそんなことをしたのかわからないけど、大おばあさんはその子を見捨てることができずに、家に連れて帰った」

「でも、立ち入り禁止区域なんでしょう？」

「そう。だから初めは、なるべく早く隣町の警察にでも届けようと思っていたのだけれど、あんまりかわいくて手放せなくなってしまった。老夫婦は、その子供に『桃太郎』と名づけたの。それからは、ラディエイションフリーの粉ミルクを取り寄せたり、冷凍しておいた汚染前の食材を工夫して使ったりして、その小さな子を育てたの。天の恵みと言うべきなのは、老夫婦の残った村の古い井戸が『アレクセイの泉』だったこと」

「アレクセイの泉？」

「いまから六十年くらい前に、ウクライナのチェルノブイリ原発で事故があったんだけど、やはり汚染があるからと立ち入り禁止区域になったベラルーシの小さな村に、まったく汚染されていない泉があって、そこを中心に五十五人の老人とアレクセイという男の子が一人、昔のやり方を守って暮らし続けたという実話があるの。大おばあさんの村の井戸が、同じだったの。大おばあさんと、そのお連れ合いが調べてもらったら、二人の使う井戸からは放射能が検出されなかったんですって」

　桃太郎は、ミラくらいの年になるかならないかの年齢で、大きな病院のある都会に行くために家を出て行ったのだそうだ。

「いまごろなにをしているのやらって、よく大おばあさんは言ってたわ。男の子だから、便りのないのが元気な証拠。どこかで生きていてくれるならそれでいいって」

　瑠璃おばあちゃんは、春之助に支えられてゆっくり立ち上がると、キッチンの奥のパントリーへ行って、小さな箱を持って戻ってきた。

「見る？　これが大豆の〈喜美〉と、種籾の〈団子〉よ。大おばあさんとお連れ合いが保存しておいた品種の名前がわからなかったので、わたしたちみんなで名前をつけたの。桃太郎のおじいさんとおばあさんが作っていた大豆とお米だから、黍団子から取って、キビとダンゴにしたの」

「さる、とか、きじ、とかでもよかったんじゃない？」

「そういえばそうね。思いつかなかった」

瑠璃おばあちゃんは、小さく笑った。

翌日は、集落のおばあさんたちの立ち会いのもと、山肌の墓に棺が埋められた。

その作業は、お清さんたちロボット数台が協力して行い、おばあさんたちは喪服で神妙に首を垂れて見守った。牧師さんもお坊さんも、お説教もお経もなかった。ただ静かに棺が下ろされて、仲間たちがスコップで一杯ずつ土をかけ、最後はロボットが地面をならして墓石を置いた。

ミラは、会合のときに聞いた「死んだら仲間に土に返してもらう」ことの意味がようやくわかった。瑠璃おばあちゃんの隣で、ミラは目をつむり手を組み合わせて静かに祈った。

瑠璃おばあちゃんとの夏休みの最後の日、おばあちゃんは蓋つきの琺瑯(ほうろう)容器に味噌をたっぷり詰めて分けてくれた。

「ヒューストンに行っても、これがあればおばあちゃんのことを思い出してくれるでしょ」

「お味噌がなくても、毎日思い出すよ」

「あら、優しいことを言うのね」

「だって、ほんとだもん」

ミラは何重にもポリ袋で包んだその琺瑯容器をうっとり眺め、スーツケースの服の奥にしまった。

父親とそのガールフレンドの待つ空港に行くのは、正直、気乗りがしなかったが、おばあさんたちの集落の、あの段々畑の魔法のような物語の詰まった「泥みたいなペースト」は、これから始まるつまらない生活に慰めを与えてくれるに違いない。

「つまらないかどうかなんてわからないじゃないの」

カモフラージュ柄のクルマに乗せられて空港に運ばれ、出国手続きを済ませたミラは、搭乗口のベンチに座って、瑠璃おばあちゃんの言葉を何度も反芻(はんすう)した。

「つまらないかどうかなんてわからないじゃない。新しい土地に行けば、新しい友だちができるわよ、きっと。沙羅が事件に巻き込まれた後、わたしはもう生きている意味なんかないと思って、姥捨て山に行くような気持ちでここに移り住んだの。だけど、どう？　いまは素敵な友だちがわたしの生活を支えてるのよ」

「秘密を守る友だちでしょ」

「そうよ。ミラちゃんにも、新しい場所で新しい友だちができる。秘密を分かち合う親友がきっとあらわれるわよ」

そうしたら、おばあちゃんたちの秘密を分けてあげてもいい、と、ミラは思い、スーツケースの中の荷物のことをまた考えた。

キッズアシストのグランドホステスが、搭乗が始まることを知らせにやってきた。
ミラは脇に置いていたデイパックを肩に担いで歩き始めた。

赤ちゃん泥棒

そもそもぼくとビーユンの離婚の原因の一端は、ビーユンの妊娠にあった。

大手化粧品メーカーの開発部でかなり重要なポストについているビーユンと、ネット上でほとんど値のつかない漫画をアップしているほかはなにもしていないぼくとでは、生活スタイルも収入もなにもかもが違っていて、衝突というよりもすれ違いが続き、それじたいがもう別れるにはじゅうぶんすぎる理由だったのだが、妊娠は決定的だった。

海外出張の続いていたビーユンが、久しぶりに部屋に帰ってきた日のことだった。クライアントと食事をした彼女はかなり酔っぱらっていて、台所でコップの水をごくごく飲むと、寝室によろめいていって寝てしまった。そのときの姿が、やたらと煽情的で、ぼくは久々に欲情したというわけなのだった。じつはちょっとした誤解があって、ぼくは彼女とそのクライアントとやらの間に、なにかあるんじゃないかと邪推していた。それで、二人が会うたびにひそかに嫉妬の炎を燃やしていたのであり、それが妄想と性欲に火をつけたことも否めない。

結婚のときにサインした書類には、セックスのたびにお互いの意思を確認すること、という項目があって、もちろん、そのときもぼくは彼女にしたいかとたずねた。で、彼女はしたいと言ったし録音もしてある。それに、日々の体調を記録するために彼女の腕に巻かれているアイバンドには、ちゃんとその日その時間のノルアドレナリンとドーパミンの数値も残っている。友人の弁護士に問い合わせたところ、裁判になれば、ぼくの対応に落ち度はないことを立証できると請け合ってくれた。ただし、合意形成のあたりまではセーフなのだが、問題はいまどきショックなほど古風なセックスを、つまり、挿入と放出を行ったということ、そして精子が卵子の壁を突き破って、細胞分裂を繰り返しながら彼女の子宮壁に着床してしまったことなのである。快楽のためのセックスと生殖が一直線につながってしまうなんてことが、二人の間にほんとうに起こるとは。

しかし、この点でも、ぼく自身が不利になることはないと弁護士は言った。

つまり、避妊の責任は彼女のほうにあるからだ。安全な家族計画のために男がペニスの先に袋のようなものを取りつけていたのは、もうはるか昔の話で、いまどきそんなことは誰もしていない。性感染症ワクチンが簡単に手に入るようになってからは、愛の行為に無粋なゴムの袋を介入させる必要はなくなったのだ。

女の子たちは、月経があったらすぐにピルを飲むことになっていて、卵子の状態がもっとも安定しているときに、採卵しておくのが普通だ。そうすれば、突然の妊娠にキャリアや人生計画が左右されることもない。仕事を持っている自立した女性は、人工子宮を契約することも多くなった。大きなお腹と吐き気に悩まされながら十ヵ月も過ごすなんてごめんだというわけだ。

ただし、「妊娠・出産」というライフイベントじたいはやってみたい人も多いから、パートナーといっしょに、いい状態で採取した卵子と精子を体外受精し、安定した時期に子宮に戻して体調管理しつつ出産の日を迎えるのが普通だ。

ともかくその古風なセックスでビーユンは妊娠した。アイバンドの「お知らせ」でそれに気づいた彼女は仰天した。それでぼくらは本格的な夫婦喧嘩をすることになった。

アイバンドによる体調管理と体に負担のないピルの普及が徹底してから、「予期せぬ妊娠」などという古めかしくも野蛮な事態が起こることはほとんどなくなった。それなのに彼女が妊娠したということで、二人の関係がもう長いことセックスレスで、しかも彼女が忙しかったため、妊娠する危険などあらかじめないと決めてかかって、とてもいい加減な方法でピルを摂っていたことが判明したのだった。それは、彼女が浮気などしていなかったことをも証明するわけで、ぼくの妙な勘は妄想でしかなかったわけだが。

彼女はぼくを責め立てた。妊娠なんて人生の予定に入っていないと。それで、こちらはもちろん、その日のセックスには合意を取ったことや、体が快楽に反応したことや、なによりもそのだらしない健康管理を突くことで対抗した。ビーユンはわんわん泣いた。

子供を持つ気など毛頭ないというのだ。

「それならそうと、結婚契約書に書いておけよ」

　ぼくは嫌みを言った。もう九年も前のことで、当時は二人とも将来は親になるだろうと思っていた。彼女は結婚前に採卵を済ませていたし、ぼくも婚約を機に精子の採取に応じた。でも、子供を作る明確な意思を持てないままに、月日は流れ、新婚当時は燃え上がった快楽のためのセックスも、いつのまにかなくなっていたのだった。

　中絶すると彼女が主張したとき、ぼくの中でなにかがブチ切れた。

　いくらなんでもそりゃないだろう。九年も結婚生活を送ってきて、絶対に子供を作らないと約束したこともない。授かった命は、彼女一人のものじゃない。ぼくは子育てしてみたい。勝手に中絶なんかされてたまるものか。だいいち、彼女がどうしても妊娠によるキャリアの中断を受け入れたくないのなら、人工子宮に移せばいいだけの話じゃないかとぼくは反論した。その後の子育ては全面的に引き受けてもいい。

　ところが、彼女が言うには、体外受精したものを体内の子宮に戻すのは、いまどき誰でもやっていることだが、逆のケースはほとんどないのだと。出産を選択すれば、とりもなおさず、彼女が長い妊娠期間を覚悟するということになるから、不公平だと主張する。だから、中絶して、なかったことにしようというわけだ。

　どんなにだいじな仕事だか知らないが、たかだか十ヵ月程度、生まれてくる新しい生命のために自分の体を使う気になれないビーユンの頑なさに、ぼくは絶望した。そしておそらく、そんな理屈よりなにより、彼女はぼくとの子供が欲しくないのだと気づいた。

　ぼくらの間にはもう、愛にあふれたセックスはなく、お互いを気遣う会話も、やさしいボディタッチもない。すれ違う時間と、とげとげした批判、あてこすり、無視と沈黙があるだけだ！　ぼくは心の中で叫んだ。

　その上、子供まで奪うなんて！

　不思議だったのは、子供ができたと聞かされたとき、ぼくの胸に温かい気持ちがこみ上げ、ああ、これで「なにかを取り戻せる」と思ったことだった。いままで、積極的に欲しいと思ったこともなかったのに。

　ぼくは未来を思い描いた。それが男の子でも女の子でも、男の子のような女の子でも、女の子のような男の子でも、それらのどれでもないような子供でも、自分は愛するだろうと思った。突然、身の内から父性が滾々と湧き出してくるのを感じた。だから、彼女が中絶すると言ったとき、なにかだいじなものが叩き壊されたような、未来が奪われたような、真っ暗な穴に投げ込まれたような、なんとも言えない気持ちになった。

　これを絶望と呼ばずしてなんと言おう。

　別れようと、ぼくから口に出した。

「そうね、それがいちばんいいかも」

そう、ビーユンが言い、後戻りできない道を歩き始めた。お互いに離婚届にサインをした。一人ずつ友人をつかまえて証人になってもらった。紙きれはさっさと役所に提出された。

ぼくとビーユンは離婚した。

出て行くと言ったのだけれど、それは彼女に押しとどめられた。そこは、ささやかな2DKで、二人で金を出し合って買ったものだった。ローンはまだ残っていたが、彼女がまめに繰り上げ返済をしていたおかげで、月々の払いはそんなに多くない。

「あなたのベーシックインカムでも、払えるんじゃない？」

これはたぶん、彼女の最後の思いやりだと感じたものの、ぼくはかちんと来た。収入はベーシックインカムだけじゃないんだけどね、という卑屈なフレーズが頭をかすめたが、それは呑み込んで、彼女の厚意を受け取ることにした。

しばらく前から、彼女はもっと広いところに引っ越したがっていた。広くて、二人が一つずつ寝室を持てる部屋に。彼女はかなり前から、リビングのソファベッドを使っていた。遅くまで仕事をするので、先に寝ているぼくの邪魔をしたくないという、おためごかしの理由が、遠い昔には口にされた。ともあれ、彼女はぼくに古いマンションを残し、新しくて広い部屋を、自分のために借りるか買うかするのだろう。

「ともかく、いま抱えている仕事を片づけないと、引っ越しには取り掛かれないから、荷物は置いといていい？　しばらくはウィークリーマンションを借りるから」

マンスリーマンションじゃないの？　という皮肉も、ぼくは口にはしなかった。

だけど、いちばんだいじなことを、まるでたったいま思い出したようにつけ加える、刑事ドラマのやり手のデカみたいな感じに彼女が振り向いて、

「えーっと、子供は、処置しておくね」

と言ったとき、またまたガッと頭に血が上った。

「その件は待て。話はまだついてない」

「無理。一日も早くどうにかしないとどんどん」

そう言って、彼女は言葉を切った。

「なんだよ。どんどん、なんだよ！」

「どんどん、罪悪感が増すから」

言い捨てて、彼女は歩き出した。エレベーターに向かう背中に、ぼくは声を上げた。

「待てよ。ともかく、二、三日中には連絡するから待て」

振り向きもしなかったが、ちょっと手を上げて、耳の横で振った。連絡を待つという意味だとこっちは解釈した。なんだ、多少は罪悪感があるのか！

ぼくは部屋に戻り、猛然と、リサーチを開始した。体内で着床した胚を人工子宮に移植して出産に至った例はないのか、そういうことをやってくれる医師はどこにいるのか、

などなど。

　ぼくは一夜にして人工子宮にめちゃめちゃ詳しい男になった。中国で、脳死した女性の子宮から胚盤胞を取り出し、人工子宮への移植に成功した例があったし、アメリカで、体外受精してから体内に移植して着床させたものの、母体が不安定になり、もう一度胚盤胞を取り出して人工子宮で育てた例もあった。技術的には可能なのだ。ただ、やる人が少ないだけで。ともかくビーユンを説得して、胚だか胚盤胞だかを取り返さなくてはならない。

　そう、取り返さなくてはと、ぼくは真剣に考えていた。その胎児だか、胎児以前だか知らないが、その子はぼくの子なんだから。

　翌朝、早速ビーユンに連絡を取ったが、彼女はちっとも応えてくれなかった。仕事が忙しいのだかなんだか知らないが、ぼくは彼女のウィークリーマンションの場所も聞いてなかったことを深く後悔した。

　こういうやり方はいいとは思わないけれど、ほかに仕方がなかった。次の日に彼女のオフィスまで押し掛けた。受付で呼び出すと、エレベーターを降りてきたスーツ姿のビーユンは目を吊り上げた。

「ちょっと、なに？　ここ、職場だよ！」

「レスをくれないのはそっちだろ。ほかに手段がなかったんだよ。仕事中に邪魔して悪いとは思ってるから、手短にいこう。人工子宮に移植するのは難しくない」

「なんの話?」

「技術的には簡単なんだ。やる人が少ないだけで」

「いやだ、そんな話、なんでここですんの?」

「場所、変える?」

「十五分後に会議なんだけど」

「すごく簡単な手術で、すぐ済む。今日の夕方か明日の朝、時間を作ってくれ」

「無理」

「早朝でいいよ。出勤前。あっというまだ。いい医者を見つけた」

「無理だってば」

「なんでだよ」

「もういないの」

「どういうこと?」

「いないんだってば」

彼女はスレンダーな腹をぽんぽんと叩いた。

ぼくは言葉を失った。怒りのあまり、手を上げそうになるのを必死でこらえた。

「離婚したんだよ、わたしたち」

彼女が苛立ちながらも周囲を憚って小さな、そしてきつい声を出した。

「父親はぼくなんだ！」

せいいっぱい大声で言ってやった。そこらじゅうの人が、ぼくらを見た。ざまあみろ。

鬼みたいな顔で元夫を睨んでから、くるりと後ろを向き、ビーユンはエレベーターに消えて行った。

怒りは収まらなかった。こんなのありか！　父親の同意もなしに、そんなことしていいのか！　そんな権利が彼女にあるのか！

アイバンドの普及で、小さな体調変化もすぐに認識できるようになっていることも問題だ。彼女が妊娠に気づいたときはまだその赤ちゃんが一ミリにも満たないころだったのだ。一ミリだろうが〇・一ミリだろうが、手足や頭ができてなかろうが、それはぼくの遺伝子を持ったぼくの赤ちゃんだったんだ！

「泥棒！」

家で氷入りのウィスキーを飲みながら、気がつくと怒鳴っていた。

そう、赤ちゃんが盗まれたと感じた。殺されたというのが、ほんとうのところだと思うけれど、実感としては、泥棒された気がした。

「くそっ。泥棒！　泥棒！　泥棒！　返せよ。返せ！　返せ馬鹿野郎！」

ぼくは側にあったビーズ入りのクッションをめったやたらと蹴りつけた。足も痛くないし、クッションは一時的に凹(へこ)むだけなので、怒りをぶつけるにはいい。

こうして数日、家を出なかったわけだが、ぼくの仕事はどこかに行かなければならないものではない。そうして一人で過ごすうちに、いつのまにか怒りよりも、しみじみした喪失感がぼくを打ちのめしていた。子供を失った。妻ではなく、子供を。

そんなこんなで、無為に日々を過ごしているうち、なにかの拍子に、マタニティ系のウェブサイトが目に留まり、それ以来、日に何度となく見てしまうようになった。

自分でも意外だったのは、「もっと活用！　人工子宮のすべて」といった記事よりも、「アメイジング！　○○さんの妊娠・出産マイストーリー」というような、昔からある、べたな体験記事を読み込んでしまうことだった。その3Dサイトには、じつにさまざまなタイプの「妊婦」が登場していた。

最初に興味を持ったのは、フィンランド人の、エスコ＝ペッカ・コルホネンさんの体験記だった。コルホネンさんは三十七歳で、パートナーのヘルゲさんとは結婚して十二年。そろそろ子供を持つときだと考えた。

「ぼくとヘルゲは、どちらが卵子を提供するかで、長いこと議論しました。つまり、それはどっちかが母親になること、女性性を引き受けることになるんじゃないかって。そして、それは、ぼくらのどちらかがしたいことなんだろうかってね。いろいろな人がいるけど、ぼくらはどちらも女性性にとくに魅力や憧れを感じたことはないんです。ただ、人工多能性幹細胞を使ってどちらかから卵子を作り出して提供し、もう一方の精子と受精させて子供を持つことは、いつかしようと考えていたし、卵子を提供したからって、それを特別なジェンダーロールと結びつけるのは、かえって古臭いという結論に達したんです」

そう言うコルホネンさんに、インタビュアーはとても素朴な疑問をぶつけていた。

「でも、最終的にエスコ＝ペッカさん、あなたは、自分の体で妊娠して出産することを選んだでしょう？　体外受精したものを人工子宮で育てることを選択しませんでしたよね。お腹で育てる、つまり、母親になることを選んだ。それはどうしてですか？」

３Ｄホログラムのコルホネンさんは、いとおしそうに膨らんだ腹を撫でながら答える。

「いろいろ考えているうち、気持ちが変化しました」

変化っていうのは？　とインタビュアーがつっこむ。

「女性性とか、母性がなにかという問いには、いまだにうまく答えられない。母親になることを選んだと言われても、そういう意識すらないです。ただ、興味を持ったんです。生命の神秘というやつに。卵子だけでいいんだろうか。せっかくの機会なのに。卵巣だって作れるし、卵管も子宮も作れる。人類が、いや、哺乳類が二億二千五百万年体験してきた生殖のメカニズムを、自分の体で体験できるなんて、こんなすごい冒険はないじゃないかという気がしてきた」

「冒険。まさに冒険ですね」

「そう。結局のところ、ぼくは女性の生殖器すべてを体内に移植しようとは思いませんでした。お金をかければ、完全なる性転換手術をして、膣(ちつ)を持ち、産道を持ち、子宮や卵巣や卵管まで持つことだって、ありえたけれど、そうはしなかった。だから、哺乳類のメカニズムすべてを体験するわけじゃないんです。女性になりたいわけじゃないからね。ヘルゲもそれは望んでいません。ただ、妊娠はすごく魅力的な冒険だと思った。知的な興味があるんです。腹の中で、子供が大きくなるのを待つ体験に」

コルホネンさんが選んだオプションは、まず彼の皮膚細胞から人工多能性幹細胞を作り、それを使って卵子を作り、パートナーの精子を使って体外受精させ、細胞分裂を経た胚盤胞を、やはり人工多能性幹細胞を使って作ったコルホネンさんの子宮に着床させるという方法だった。

「つわりも体験したなあ」

コルホネンさんは、少し懐かしそうにした。

「カレリアパイが食べられなくなってしまって困りました。毎朝食べてたのに。ミルク粥(がゆ)のにおいがもうダメで。一時期はサルミアッキばっかり食べてましたね。もちろん、栄養はサプリメントで補給してたけど。いまはだいじょうぶ。なんでも食べられる。食欲がありすぎるので、セーブして、毎日散歩しています」

ホログラムのヘルゲさんも登場して、なんだかおいしそうなトナカイ料理が二人のテーブルには並んでいた。

人工多能性幹細胞を使って作ったコルホネンさんの子宮？

ぼくは、寝起きの頭をぶん殴られたような衝撃を受けた。

人工子宮が普及してから、ゲイカップルの子作りは一般化した。人工多能性幹細胞から卵子を作るのも誰もがやっていることで、ゲイカップルは結婚するとどちらかが卵子を作ることが多いという。二人とも作って、状態のいい卵子を使うカップルもいるらしい。ただまあ、一般的にはどちらか一人が卵子提供者になる。

それは生殖医療がこんにちのような形になってから、あまりにもスムーズに行われていることだから、腹を大きくしようというゲイ男性がいるなんて、ぼくは知らなかった。でも、そのマタニティウェブサイトを見ている限り、彼一人ではないようだった。

そのサイトにはずいぶん、いろいろな人が体験談を寄せていた。

ぼくが次に読み込んでしまったのは、七十二歳の日本女性の記事だ。

名前は野添文香（のぞえふみか）さん。四十年連れ添うパートナーの凍結精子を解凍して妊娠した。

彼女は閉経して十五年以上経っていたけれど、どうしても自分のお腹で育てたくて、「人工子宮移植」をしたと書いてあった。コルホネンさんが受けたのとはまた別の手術のようだった。非常に興味深い、とぼくは思った。

「わたしが若いころには、『お腹を痛める』という言葉がまだあったのです」

明るい髪の、小柄な女性は、やはりコルホネンさんと同じように自分の腹をやさしく撫でて、少し照れくさそうにインタビューに答えていた。

「子供が持てなくて、何度も挑戦した不妊治療も体外受精も思うままにならず、結局、夫婦二人で老後を迎えることになりました。最後の体外受精が失敗したとき、ほんとにつらかったんです。もう人生が終わるかと思うくらい」

そう言って、文香さんは頭を左右に振った。

「いつか、医学が進歩したら、自分たちの子を持つことができるかもしれないねと話し合って、若いときに採取した夫の精子と私の卵子を冷凍保存しておいたのです。数年前から、あの精子と卵子を使って、子供を持とうかって、夫と何度か話しました。初めは冗談みたいな話だったけど、まだ、わたしたちの人生はあと三十年くらいあるのだから、一人くらい育てられるんじゃないかって。本気になったのは一年くらい前のことです。いまは、親の側へのサポートもたくさんありますから。そしていろいろ調べて、この形に」

「体外人工子宮ではなくて、移植を選択した理由を教えてください」

コルホネンさんにも遠慮会釈もなくいろいろ聞いていた若い女性インタビュアーがそ

う問いかけると、文香さんはにっこり笑う。

「ですからね、わたし、お腹を痛めたくなりましてね」

「お腹を痛める」

「そう。悔しかったんです。お腹を痛めて子供を産んだことのない人がなにを言うとか、お腹を痛めてこそ女性とか、散々言われましたから」

「でも、いま、そんなこと言う人はいませんよ」

「それは、そうかもしれないけど、わたしが取り返したいのは失われた過去なのです」

「失われた過去？」

３Ｄホログラムの文香さんは、とてもおしゃれな雰囲気の女性だった。髪の毛をきれいに染めて、美しいウェーブを出していた。華奢で、やさしいピンク色のスーツを着ていた。いつの流行だかわからないけれど、個性的なセンスというよりは、若くていちばんきれいだったころの服や化粧をそのまま保っているようなタイプに見えた。

「夫は大喜びで、出産準備グッズを次々買ってきます。ときどき、わたしのお腹に耳をくっつけて、子供が動いたり、足を使って蹴ったりする音を聞くんです。夢にまで見た、初めての子供を持つ幸せな若いカップルみたいに」

「お幸せですね！」

「ありがとう。わたしの周りの、あのころ、わたしに心ない言葉を投げつけた人たちは、また非難する言葉を見つけたようです。ひ孫を持つ歳なのにとか、自分の人生を楽しめなくなるじゃないかとか。そんなこと言うけど、近ごろの晩産化で、ひ孫を持ってる人なんか、一握りですよ。それに自分の子とひ孫を比較するなんて間違ってる。わたしたちは、子供を一人持って育てることに、老後を費やすことにしたんです。肉体的にしんどい部分は、ナニーに頼めますから」

　ナニーというのは育児に特化した機能を持つ家事ロボットで、そのウェブマガジンには盛んに広告が出ていた。３Ｄインタビューを見ていると、何分かに一度はナニーがポップアップしてくるので、初めはちょっとうるさく感じていたが、だんだん、もし一人で子育てすることになるなら、絶対にナニーは必要だと思えてきて、連絡先をチェックしておいたくらいだ。

「でも、出産はどうなのですか？　人工子宮から取り出すときは、帝王切開でしょう？　いわゆる『お腹を痛めた』というのは、産道を通って膣から産み出す、その痛みのことを言うのでは？」

　若いインタビュアーはかなりつっこんだことを聞いている。

「あなただって、いまどき、そんなこと言う人はいないと言ったじゃないの」

　文香さんの目が、スッと細くなった。

「わたしは、現代の出産を体験することで、過去の呪縛から解放されたいの。わたしの同世代が囚われていたのなんて、現代の若い女性たちから見たら、中世のわけわかんない因習とたいして変わらないでしょ。だから、べつに自然分娩にはこだわりません」

それに、と彼女は言葉を継いだ。

「いまになるとわかるんです。わたしが体験したかったのは、お腹を痛めることじゃなくて、お腹を大きくすることだったんだって」

もう一度、文香さんはお腹をゆっくり上から下にさすった。

「夫が、このお腹に触れるたびに、これ以上ないほどの幸せを感じるんです」

ホログラムの文香さんの目を見て、ぼくは大きくうなずいている自分を発見した。大きなお腹の中の、羊水に浮かぶぼくの子供を想像したのだ。

そして誰よりぼくの胸に深く刺さる言葉を残したのは、カナダに住んでいるアメリア・ウォーカーさんという四十三歳の女性だった。彼女の夫は、凍結精子を残したまま、不慮の事故で命を落としたのだった。

「夫とわたしは、じつは、いっしょに事故に遭ったんです。自動運転のデリバリーカーが、プログラムミスで街のまん中で向きを変えて走ってきてぶつかったという、信じられないような事故でした。わたしはそのとき、妊娠していました」

アメリアさんの夫は即死、彼女も昏睡状態が続き、目が覚めたときは、流産していたのだという。アメリアさんは奇跡的に、首にむち打ち症が出ただけでほかには事故の影響がなかったが、彼女は夫と子供を同時に失ったのだった。

ぼくは、彼女の話を聞きながら、ティッシュペーパーの箱を抱え込むことになった。なぜだか涙が止まらないのだ。深く、深く、彼女に同情した。いつのまにか、ぼくは自分が彼女そのものなんじゃないかと思えてきたほどだ。

「妊娠を決めたのは、ちょうど、仕事の仕方を変えた時期で、在宅で作業することが多くなったので、そろそろいいかなあと思って。卵子も精子も、結婚のときに二人いっしょに採取して凍結した、いわゆるハネムーン卵子とハネムーン精子でした。とても元気で、母体のほうも安定していて、問題なく出産まで行けると思っていました」

家の中なんだし、もう妻もいない。思いっきり泣いたって、誰の目にも触れない。

そう気づいて、もうぼくは嗚咽を抑えることもやめて号泣した。

「夫を失ってしばらくの間は、もう一度妊娠することなんて思いつきませんでした。ただ、泣いて泣いて。でも、あるときふと思ったんです。夫は残しているじゃないかって。そう、彼の遺伝子です。彼のハネムーン精子は、まだ〝バンク〟にありました。状態のいいのはいくつもあったんです。弟か妹のために、取っておこうねと話しました。あのとき、わたしのお腹の中にいた子供は、夫が連れて行きました。だから、わたしは彼の残してくれた精子で、自分のための子供を産むことを決めたんです」

自分のための子供。

ぼくは、はじかれたように身を起こした。

そうだ。あの子は、ビーユンが連れて行ってしまった。だけど、ぼくは、ぼくの子供、ぼくのための子供を持つ権利があるはずだ！

それから数日間、ぼくはなにかに憑かれたように計画を練った。「ぼくの、ぼくによる、ぼくのための子供奪還計画」だ。

ぼくらの精子と卵子も、結婚のときにいっしょの〝バンク〟アカウントに預けてあった。

九年前に、儀式のようにやったことなんて、忘れていたわけではないけれど、ほとんど思い出すこともなかったが、そのおかげもあって、ぼくもビーユンも、離婚を機に解約することすら思いつかずにいたのだった。

カップルの申請書があれば、生殖医が〝バンク〟に受精準備が整ったことを知らせ、精子と卵子を郵送してもらって施術するのが普通だ。その申請書を、二人いっしょに提出しに出向かなければならないなんていう規定はない。

申請書を作るのは簡単だった。生殖医のところで書類をもらってきて、ぼくが二人分のサインをした。昔、まだ関係がよかったころにもらった手紙を引っ張り出して、ビーユンのサインを真似するのはなんてこともなかった。

「妻は体調がいまひとつなので、自分の体での妊娠は難しいのです」

神妙な顔をしてそう言うと、医者は手もなく騙された。

ただ、とうぜん人工子宮を使うものだと思っていたらしく、ぼくが人工子宮移植手術を受けたいというと、かなり驚いた。

「わざわざ妊娠する必要はないのではないでしょうか。人工子宮はいま、とても信頼できるものになっていますし、妊娠するとなると、それはやはり母体というか父体というか、なんというか、体に負担がかかりますよ」

「でもぼくは、ぼくと妻は」

言葉を切って、ぼくは自分の腹を撫でた。

「妊娠したいんです」

医者は納得したのか、うんうんとうなずき、それではと白いパンフレットを差し出した。

「こちらが費用になります」

差し出されたそれを見て、ぼくは飛び上がりそうになった。

た、高いではないか！

こんなバカっ高い金を、エスコ＝ペッカ・コルホネンさんやら、野添文香さんらは出したのか。思い出してみると、例の３Ｄホログラムには、ナニーのＣＭだけではなくて、

「妊娠ローン」のCMが、やたらとポップアップしていた。

驚いて口を開けているぼくを、医者は気の毒そうに一瞥した。

「いまの時代、子供は貴重ですから、国や自治体から補助金が出て、一般的な女性の妊娠と、人工子宮での生殖医療に関しては、個人負担はほぼゼロです。ただし、男性による妊娠、高齢女性の妊娠等、子宮移植手術が必要な場合は、保険適用外の高額医療になります。男性差別、高齢者差別に当たるとして怒っている人たちも見かけますが、人工子宮を使えばそうした人たちも子供が持てるのだから、わざわざ妊娠を選ぶのは、余裕のある人たちのすることだというのが、現在の主流の考え方なんです。趣味、と言ったら、また、怒られるんでしょうけども」

高額医療となれば儲かるのは医者なのだから、彼は良心的な人物と言えるのかもしれない。ぼくは、妻と相談しますと言って、いったん家に帰ることにした。そして考え込んでしまった。

もちろん、ぼくが妊娠したい理由は、このお腹で子供を育ててみたいという好奇心やら冒険心やら、もっと言えば、胎児への愛みたいな純粋な気持ちが大きい。だけど、それだけではない。ぼくの場合、事情はもっと複雑だ。人工子宮という選択肢は取りたくなかった。ある意味、危険すぎる。

つまり、ビーユンの卵子を勝手に使ったことが彼女にバレたら、人工子宮での育胎を止められてしまうんじゃないかというのが、ぼくの大きな危惧だった。もし、ぼくが体を張って育てている場合、改正母体保護法（「母」という言葉が性差別的だということで、「親体保護法」と呼ぶ人もいる）が、妊娠者の同意なしに中絶することを禁じているので、ぼくの子供を守ることができるのだ。

しかし、ぼくには金がなかった。

家で悶々としていると、友人から連絡が入った。

友人というか、昔何度か仕事をしたことのある男なのだが、最近、転職して新しいウェブマガジンの編集部にいるという。あいさつ代わりの雑談の中で、ウェブマガジンの会議に出す、なにかおもしろい企画はないかと聞かれた。まったくなにも思いつかないと言うと、そんなんで、よく漫画家が名乗れるね、いま興味を持ってることとか、なにかないのかと聞く。だから、正直に、じつは妊娠に興味を持ってると話した。

「妊娠？　ビーユンが？」

「いや、こっち」

「え？　おまえが？」

「そう。妊娠しようかなと」

「ビーユンが忙しすぎるのか？」

この時点で、ぼくはまだ彼に離婚のことを話していなかった。

「うん、そう。そろそろ欲しいと思ってるんだけど、彼女はああいう感じだから」

「人工子宮があるじゃん」

「そうなんだけど、いろいろ調べてたらさ、おもしろそうっていうか」

「おまえ、女になりたいの？」

「いや、それ、ぜんぜん違うよ。女性性とか、母性がなにかという問いには、いまだにうまく答えられない。母親になることを選ぶのかと言われても、そういう意識すらないよ。ただ、興味を持ったんだ、知的にね。生命の神秘というやつに。人類が、いや、哺乳類が二億二千五百万年体験してきた生殖のメカニズムを、自分の体で体験できるなんて、こんなすごい冒険はないんじゃないかという気がしてきた。いや、もちろん、人工子宮移植だから、哺乳類の自然妊娠とは百八十度違うってのは認識しているよ。でもさ、ぼくらが妊娠できるなんて選択肢は、少なくとも十年前にはなかったことだろ。やってみたいなって」

　ぼくは口から出まかせ、コルホネンさんが言っていたことをちょっとだけ変えて、そんなことを言ってみた。すると、思いのほか友人の反応がよかったのだった。

「やろうよ」

　と、そいつは興奮気味に返してきた。

「やりたいんだけど、金がかかるんだよ」

「ちょっと待って。本気で、やりたくなってきた。ルポ漫画にするんだよ。妊娠体験記を」

「どういうこと?」

「スポンサーを見つければいいんだろ」

「スポンサー?」

「このごろ、ぼくらのウェブマガジンも経営が厳しくてね。企画もどれだけスポンサーを呼べるかにかかってるところがあるんだよ。だけど、その企画なら、妊娠ローンの会社がスポンサーにつくんじゃないの?」

「そ、そうだな。なんだったら、ナニーも」

「ああそうだ。ナニーの会社も金を出すよ、きっと。マタニティ業界って、手堅いよな。いつもそこそこ需要があるから。それに、男が妊娠って、古いようで新しいじゃん」

「あ、ああ、そうだな」

なにが古いようで新しいのか、ちょっとわからなかったけれど、その友人が後で説明してくれたところによれば、人工子宮による安定した育胎が普及するちょっと前は、コルホネンさんのような形で妊娠するゲイやトランスジェンダーが多かったのだそう。それが定着するすれすれのところで、人工子宮ムーブメントが来て、女性も使うことが増え、ゲイカップルも人工子宮で子供を作ることがほとんどになった。

ところがここに来て、「自腹回帰」という現象が起こっているという。

人工子宮には根強い反対論があって、それは親の心音などを聴かせることができないので、生まれてくる子供の情緒が不安定になるというものだった。これは、人工子宮を使うときに、親の心音やにおいなどをサンプリングしておいて、胎児に聴かせたりかがせたりという方法が取られるようになり、ほかにもあったさまざまな反対論を退けるに足る機能をつけ加えて、現在の人工子宮は人気を誇っている。

だけど最近、自分のお腹で子供を育てたいという風潮が出てきて、まあ、妊娠・出産をイベントとして体験する女性はいままでもたくさんいたわけだけれど、業界が注目しているのが、文香さんやコルホネンさんのように、高齢者やゲイカップルの間でも、あえて人工子宮を選ばず、自分のお腹を選択するという人の出現だそうだ。

「体験としての妊娠、物語としての妊娠を満喫するっていう感じ？　そういう意味では、おまえみたいなのも、ありなんじゃないの？　病院に人工子宮を観察に行くよりか、自分の家で夫の腹がでかくなっていくのを見たい夫婦とか、ありなんじゃないの？」

というわけで、ぼくは「自腹妊娠体験記漫画」を描くという名目のもとに、手術代を出してもらえることになった。

そりゃ、多少の戸惑いがあったことは認めよう。すごく簡単だと聞かされても、手術という響きには抵抗があったし、自分の腹のどこになにが入って膨らんでいくんだか、丁寧に説明されても実際はよくわからないものだ。

ただ、ぼくには強い意志があったから、乗り越えられた。だって、もう、二度と自分の子供を奪われたくはなかったんだから。

まずは人工子宮移植の手術を受けた。移植手術を受けたら、免疫抑制剤を摂取することになる。そして子宮の状態がぼくの体で安定するまで、一ヵ月待たなければならなかった。子宮移植手術が始まった当初に比べれば、相当短くなった期間だが、この一ヵ月はどきどきもので、万が一ビーユンが〝バンク〟を解約すると言い出したらどうしようと、気が気ではなかった。ただ、彼女の仕事優先の性格は知り抜いていたから、卵子のことになど気は回らないだろうとは思っていたけれど。

ある日、ビーユンが発注した引っ越しサービス会社のロボットがやってきて、彼女の残した荷物をきれいにかたづけて行った。そうして家に彼女の痕跡はなくなった。部屋に残した服や本は覚えていても、〝バンク〟の件は、すっかり忘れ去っているようだった。

一ヵ月後、ぼくはもう一度、生殖医を訪ねた。期日に合わせて、医者は体外受精を終え、胚盤胞を準備していた。人工子宮移植に比べると、着床は注射並みに簡単で、拍子抜けするほどだったが、初めて自分のお腹の中の胎児を見たときは、ほんとうに感激した。涙が自然にあふれてきた。

十週目くらいには、つわりというのではないけれど、食傾向の変化みたいなものも体験した。異常なくらいミニトマトが好きになり、普通の大きさのではダメで、あの小さい丸っこいものなら、赤でも緑でも黄色でもいけた。あとは、もずく酢。

十二週くらいだったか、胎盤がしっかりしてきたと医者に言われた。体重が四十グラム、身長が十五センチだと聞いた。一ミリとか、それ以下だったぼくの赤ちゃんが、そんなにも成長したことに心が震えた。

十六週目に、安定期に入ったことを確認して、ぼくは友人のウェブサイトに体験漫画を連載し始めた。あまり早い段階で描き始めて、流産してしまったら企画じたいがおじゃんになる。でも、もうここまで来たら、万が一、うまくいかなくても漫画のネタにはなるだろうというのがあったし、医者は絶対だいじょうぶだと請け合ってくれた。

風呂上がりに妊娠線ケアクリームを塗るようになった。ぼくはもともと痩せていたので、腹がせり出してくるとやはり、皮がつっぱる感じがした。人工子宮は、無事出産したら取り出すことになっているのだけれど、産後にもとの体に戻すのはけっこうたいへんじゃないかなという気がする。

マタニティヨガにも通い始めた。ネタを拾おうという気もなきにしもあらずだったが、やはり同じ体験をしている人たちと出会うと不安がまぎれる。幸いなことに、同じように人工子宮移植を受けて妊娠中のカズヤさんという少し年上の男性が通っていて、仲良くなった。

正直言って、腹になにか入ることと、父性だか母性だかが目覚めるということの相関関係は、ぼくにはよくわからない。自分の腹に入れなくても、愛する妻のお腹に生命が宿れば、同じような感動を味わえたんじゃないかなという気もする。

ただ、ありがたいことに、やはりこの赤ちゃんが体内に宿ったおかげで、ぼくの心はようやく落ち着き、あのかわいそうな、消え去った細胞のことは、乗り越えられたように思っていた。あの日、あんなことが起こるまでは。

二十週目に入って、けっこう腰に負担がかかるようになってきたと気づいたころだったか。腰痛を軽減するためのヨガを、家で一人でやっていると、インターフォンが鳴った。モニターに、人の顔が映ったが、あまりに顔を近づけているので、誰だか、なんの目的で来た人なのかわからない。

「どなたさまですか?」

と、声をかけると、相手は怒鳴り出した。

「ちょっと、どういうつもり? 漫画読んだから。全部知ってんだから!」

ぼくは驚きのあまりモニターの電源を切ってしまった。

ビーユンだ。ビーユンが来たのだ。

ウェブマガジンで体験記を公開しているのだから、読まれるのはとうぜんだと思うかもしれないけれど、はっきり言って想定外だった。

というのも、そのウェブマガジンはわりとマニアックな雑誌で、マタニティ関連の記事なんかほかに載ってないし、ぼくがそれにかかわっているのは、友人に頼まれたからだけど、その友人が転職したことなんか彼女は知らないわけだし、とにかく彼女がぼくの仕事に関心を持ったことなんか、つき合い始めたころからして一切なかったんだから、それがぼくらのすれ違いの一つの原因でもあったはずなんだから。

どこから情報が入ったのか、さっぱり見当がつかなかった。

ともかくビーユンはやってきて、あっというまにマンションのセキュリティーを突破した。離婚のときに、マンションの顔認証設定は削除したのだが、顔見知りの住人が入るのにくっついて入ってきたらしい。もちろん、顔見知り程度の人に、離婚のことは知らせていなかったから。

玄関で鼻息を荒くしているビーユンが、けたたましくインターフォンを鳴らすのに耐えられず、ぼくはとうとうドアを開けた。

「どういうつもりよ！　この、泥棒！」

彼女は入ってくるなり、そう喚（わめ）いた。

「ど、泥棒とは、なんだよ」

そう言いながらも、ぼくはなんだかちょっと感心していた。そうか、彼女も泥棒って言葉を使うんだなと思って。

「どういうこと？　わたしの卵子だよ。離婚したんだよ。なんの権利があるっていうのよ。他人だよ、わたしたち。犯罪だよ、わかってんの？」

「犯罪？」

ぼくの声は裏返った。急にむくむくと、あの日の怒りが蘇ってきたからだ。

「どっちが犯罪だよ。ぼくらの赤ちゃんを勝手に始末したのはそっちだろ。ぼくは命を生み出そうとしてんだ。そっちは逆じゃないかよ！」殺したんだ、という言葉が、どうしても出てこなかったのはつらすぎたからだ。

「文書偽造までして、

「嫌がらせとか当てつけでこんなことするか！　そういう卑しい考えはどっから出てくるんだろう。人間性ってやつか」

「すっごい、いやな感じ。いやーな言い方」

「ぼくは泥棒じゃない。盗んだんじゃない。取り返したんだ。迷惑はかけないよ。一人で育てる。もう離婚したんだ。関係ないだろう」

「関係ないはずないじゃん、わたしの卵子だっつってんでしょ！　訴えるからね。次は裁判所だね。わたしは代理人に頼むけど。二度と会いたくないから」

「なんでも自分じゃやらない人なんだな。自分の体に宿った命だって」

殴られた痛みより、耳元で響いた音が大きくて驚いた。驚いた後に、じんじんした左耳の痛みがやってきた。

「こんな復讐、ありえない」

ビーユンはバッグをつかんで身を翻した。

「絶対に訴えてやる！」

興奮したままドアノブに手をかける彼女を見ていたら、なんだか急にヒートアップしていた気持ちが冷めて、悲しみのようなものが胃から喉に向かって駆け上がってくるような感じがした。

「じゃ、訴えろよ」

ぼくがそう言うと、声のトーンが変わったのに気づいたのか、ビーユンが振り返った。

「訴えろよ。でも、そのときは、ぼくも話すよ。きみがなにをしたか」

ビーユンは、眉を吊り上げた。

「脅し？」

ぼくは、力が抜けてしまった。なんだって、この人は、そんなふうにしか考えられないんだろう。

「そういう考え方、やめろよ」

ぼくはドアを閉め、鍵をかけ、リビングに戻ってソファに座った。お腹の中の子供が動いたような気がした。

「だいじょうぶだよ」

ぼくはぼくの子供に話しかけた。

「きみのことは、ぼくが守るから」

そう言ったのは覚えてる。だけどその後、すーっと血の気が引いていき、ぼくはソファに倒れ込んだ。それからどうなったのか、覚えていない。

気がついたら病院のベッドの上だった。妊娠してからアイバンドを新調したのだが、これには妊夫の体に異常が起こると救急車を呼ぶ機能がついていて、ぼくはそのおかげで病院に運ばれたのだった。

病院で目を覚まして、まず腹に手をやった。にわかに、アメリア・ウォーカーさんの体験談が蘇り、冷や汗が出てきた。

ナースロボットが近づいてきて、脈を取った。

「子供は？　ぼくの子供は？」

ナースロボットは、プログラムされたことだけを行うと、無表情で出て行ってしまった。ぼくはベッドについていたボタンを押した。ナースコールというやつだが、また、ナースロボットが出てくるのかと思うともう一度気を失いそうだった。

　ところで、これはもうみんな二年前の話だ。

　このストーリーは、全部ぼくの漫画に描いてある。あの日ぼくはあまりに興奮したため卒倒したのだが、自分の体にも胎児にもなんの影響もなかった。

　ぼくらには待望の娘が生まれ、新しいマンションに引っ越した。いま、ぼくのお腹には彼女の弟が宿っている。せっかくの高額人工子宮だから、もう一回使うことにしたのだ。

　ビーユンはときどきこの間（かん）のことを思い出して、

「わたしにバレないって、どうして思えたの？　共通の友達だっていっぱいいるんだから、妊娠したってことがわかんないわけないじゃん」

　と言ってからかう。

　そういや、そうだ。ぼくは心の奥底で、家族の再生を願っていたのかもしれない。

　あの大喧嘩からひと月ほどして、ビーユンはまたマンションにあらわれた。神妙な顔をして、ぼくがオートロックを解除するのを待ち、部屋に入ってきて、ぼくの隣に座った。

「蹴る？」

　と、彼女はぼくにたずねた。

「うん、蹴る。触ってみ」

彼女はおずおずと、ぼくの腹に手を当て、それからずるずる体をずらしてきて、耳を当てた。

「聞こえる」

ビーユンのほっぺたを伝った涙が、ぼくの腹に落ちた。

チョイス

これまでこのようなことをおこなったことないで、非常にこころもとがないのですが、それがしが、記録係のようなものをおこなう気持ちになり、いまここでおこなってみる次第です。うまくゆきますかどうか、まことにまことに、なんといいますか、おぼつかない。

おぼつかない。

なにしろ、いろいろ、言葉というものを使ったことがないで、これで使い方が当たっているのか外れているのかも、よくわからないのです。当たり外れ。

ものごと、には、当たり外れがある。

これでいいのか。これでいいのか。

二回、書くことには、協調という意味が、強調という意味がありまする。

それがし、というのは、日本語のいくつもある一人称のうち、それがしが使ってみたいと思って採用したものに相違ありません。響きが気に入ったで。

それがし。

わがはいというのも、好きであったがために、どちらか迷ったのですが、それがし、それがしにいたしましたるがもっけの幸い。

七年ほど前に、離島にお住まいの最後の日本語話者がお亡くなりられました。口語としての日本語は、そのおじいさんとともに墓場行きしたが、もちろん、書き言葉としての日本語は膨大なアーカイブファイルに残っており、誰も読まない。

読まなくなってずいぶん経っているから、それがしのように、特別に日本語に愛を、愛を、愛を持っているがために、読むということをするもののみが、このように、聞いたこともない言葉を使っています。書いておりまする。

それがしが記録しておりまするのは、ユニット会議が開かれたため、その記録を残しております。公式の記録は、このような七面倒くさい（この場合の七とは何？　七面鳥との関連は？）方法では残さないけれども、これまでのそれがしの研究成果を見せたいであったがために、しているのだ。

これを前に書いてそのままにしていたら、それがしの日本語の師匠が続けなさいと言われた。だから続けることにした。師匠がもう少しよい日本語に直してくださることになり、少し、読みやすくなっていると思う。師匠は「それがし」より「私」のほうがよいと言われたけれども、それがしは「それがし」が好きであったがために、このまま続けます。それがしの日本語の師匠は、日本語クラブの顧問で、離島にお住まいだった最後の日本語話者と会話したこともある方で、それがしたちはみんなとっても尊敬している。

まず、自己紹介をする。

それがしは、生物学的にはフィメイルで十六歳である。性自認はまだセックスをしていないから、はっきりわからないけれども、もしかしたらジェンダーレス(性自認を持たない)かもしれない。

家族型ユニットに入っていて、もうすぐ十八歳の選択年齢になるから、この家族型ユニットに居続けるか、他のユニットに移るか、ユニットをやめるか、選ばなければならない。

それがしとしては、この家族型ユニットが気に入っているという理由により、続けることを選択しそうな気がする。他のユニットのことをあまり知らないという理由により、このように考えているのかもしれない。

絶対に選ばないのは、会社型ユニットだけれど、あれはもう選ぶ人がいないから高齢化がものすごく進んでいて、新入社員が七十八歳という報道が二年前にあった。ユニット制になってから現在までで何十年か経っているはずだが、初期のころは会社というものによい思い出を持っていて、会社型ユニットを選ぶ人がいたのだろう。そのころの新入社員が、いまも新入社員で、その後に新入した人がいないのだそうだ。新入社員は現在、八十歳だが、いつまでその会社型ユニットは存続することができるのであろうか。いや、ない。

それがしの家族型ユニットを紹介する。

もちろん、それがしがこの家族型ユニットを選んだのは、みずからの選択によるものではない。スガワラさんとマキヨさんが家族型ユニットを選んだがために、必要とされるベイビーとして、二人の元へ配給された。それは、それがしが、三歳のときである。スガワラさんとマキヨさんは、もともとはシェアハウス型ユニットに所属していたそうだ。

シェアハウス型ユニットで出会い、交際をはぐくんだ二人は、シェアハウス内恋愛型ユニットに移行し、それから家族型ユニットを形成しようと合意した。合意した時期が遅く、乳児の子育てには自信がなかったがために、それがしを幼児・児童育成センターから引き取ることにした。

スガワラさんとマキヨさんの日中のアクティビティは、後で記す。

家族型ユニットの構成員は、スガワラさん、マキヨさん、ノブハル、それがしの四人であることを紹介する。

ノブハルはもともと、別の家族型ユニットで生活していたらしい。ところが、ユニットの年長構成員が二人続けて死去したがために、一人になってしまって幼児・児童育成センターに送られた。スガワラさんとマキヨさんは、それがし一人を迎えるよりも、きょうだいがいるほうがより望ましいと考えたがために、幼児・児童育成センターに、探し物をしに行ったということである。

ノブハルがスガワラさんとマキヨさんに迎えられた理由は、一人遊びの上手なおとなしい子供だったがためである。あまりに一人遊びが好きすぎて、それがしとノブハルが仲良く遊ぶことはけっしてなかった。それは、予期せぬできごとであったようである。しかし、それだからといって、ノブハルとそれがしがきょうだいとしてまったく成立しないということがあるのであろうか。いや、ない。ノブハルはそれがしよりも五歳年長である。

これより、ノブハルを紹介する。

ノブハルは二十一歳だけれども、それがしたちの家族型ユニットに留まって、ヒキコモリを続けることを希望して、中央に届け出たがために、四人構成は変わっていない。成人年齢である十八歳になると、将来の希望を提出することになっているが、ヒキコモリを希望するものの半数が、家族型ユニットに留まることを選ぶという。

話は少しノブハルから離れるが、ヒキコモリについて紹介する。

もちろん、シングルセルでのヒキコモリを選択する人は、一定数存在するが、一時期よりは減った。ヒキコモリというのは、もともとは、ユニットを選択せず、誰とも接触せずに生きる人々を指す単語で、シングルセル＝ヒキコモリと考えられた時代も長かった。

しかし、選択じたいを拒否して、家族型ユニットに留まったり、あるいは育成センターから出ようとしなかったりする成人が多くみられたため、中央は「在ユニット型ヒキコモリ」の登録を奨励した。すると、その数がたいへん多かった。こうして、ヒキコモリのさらなる可視化がおこなわれたが、それは統計上のデータが変わったというだけで、なにかが本質的に変わったわけではない。

いまでは想像しがたいことだが、かつて遠い昔、ヒキコモリにはネガティブな印象があったがために、ユニットから切り離して一人で閉じこもることを奨励し、また、それを選択する成人をシングルセルと呼んだ時期があるらしい。ところで、「ヒキコモリ」という単語は、もともと日本語であることを師匠が教えてくださされた。

そもそものヒキコモリには、労働しない、という意味があった。そして、労働しない、ということは、その時代、罪悪に近かった。

これを聞くだけでも、「労働」に大きな価値を見出(みいだ)していた時代があったことに、それがしたちは驚くが、それはほんとうのことで、ヒストリーのクラスなどでも必ず習う。

すべての人が、なにがなんでも労働しなければならなかった苦役の時代を忘れてはならないと思う。労働によって、人々は対価として紙などを得、それを食物や住居などと交換して生活していた。その紙を得るために、人々は体や頭脳を駆使して労働したがために、病気になったり、心を患ったり、自殺に追い込まれたりした暗黒の時代である。

そんな時代に、労働しないことを選択し、他人との接触をほとんど持たず、映像や本などの文化を好み、住居を出ずに生きていた人々はヒキコモリと呼ばれ、半ば病人のような扱いを受けたのだそうだ。評論家や医師は、彼らを社会問題として扱い、メディアは彼らを化け物のように取り上げた。ヒストリーを読んでいると、人間の無知がとてもひどいことをすると気づくことができる。

中には、ストレスを溜め込んだヒキコモリがドメスティックバイオレンスなどの問題を起こす例もあったが、ストレスの原因には、労働しないことを罪悪と考える社会的な背景により追い詰められる心理があったのではないかと、『ヒキコモリの歴史』（オモラ・ユニバーシティプレス）の著者、オモラ大学教授のポーリーヌ・エガタ氏は指摘する。エガタ教授の著書によれば、そんな時代にも、心温まるヒキコモリの逸話は残っているという。

たとえば、あるヒキコモリは、生涯一度も労働をせず、家族型ユニット内でヒキコモリをしていたが、ユニット内の父親が亡くなり、妹がユニットを離れ、高齢化した母親と二人きりになって、その母親が病に倒れてからは、献身的に母親の介護をした。病院に毎日通い、現代における最高級介護ロボットでもできないほどの（と、エガタ教授は書いている）手厚い介護をしたそのヒキコモリに対し、病院施設労働者たち（もちろん、そのころは病院でも多くの人が労働をしていた）は感動し、敬意をもって接したのであった。

ところで、こうしたことの背景には、そのころ、別の社会問題として存在した「介護離職」があると、エガタ教授は指摘してもいる。「介護」というのは、体の弱った人や、老いた人をケアすることであり、「離職」というのはそのころ、労働をやめるという意味であった。老いた人をケアすることと労働をやめることとは、直接的にはつながらないが、労働を称賛していたその時代の日本では、あまりに労働がたいへんすぎて、労働と同時に誰かのケアをすることが不可能だった。

それは考えてみればとうぜんのことである。

いかなるロボットであれ、二ヵ所で同時に労働することはできない。ロボットより労働能力の低い人間が、そのようなことができるであろうか。いや、ない。

そこで、この時代の人々は、「離職」を選んだのである。労働を一ヵ所に限定する意味では、この行動は問題がない。しかし、このころの人間は、労働の対価として紙を得るなどし、その紙と交換に食物を手に入れるなどの方法で生活を成り立たせていた。労働には対価があったが、人の、ことに家族型ユニット内でのケアには、対価を成立させないという暗黙のルールがあったようである。

ケアを優先し、対価を得るための労働を放棄した人間たちは、生活を成り立たせるのが困難になった。また、多くの人間は、労働を善、労働しないを悪と考える傾向があったがために、ケアをしていても労働していないことを、失敗のように感じるものも多かったという。前出のエガタ教授の著書には、「介護離職」をきっかけにしてヒキコモリとなった例も多数挙がる。ケアが、ケア対象の死によって終わっても、対価を得られる労働に戻れなかった例である。それは、労働市場が開かれていなかったことと、「介護離職」によって労働から離れたことを「失敗」と感じていた人間が、自信を喪失し、労働市場に復帰する意欲を失ったことの二つに原因があると、エガタ教授は分析した。

ともかく、心温まるヒキコモリの例を紹介してエガタ教授は、長いことヒキコモリをすることによって、ヒキコモリとしての自信を確立した人間は、精神的に安定し、「介護離職」をしたばかりの初心者よりも、心がしっかりしていた例もあると指摘する。また、労働を善とする世の中にあって、ケアも一つの労働であることから、長いことヒキコモリをしていた人にとって、母親をケアする労働によって、自信を得る効果もあったのではないかとも考察した。

ヒキコモリの説明が長くなったので、これよりノブハルに戻ります。

構成員の紹介をしていたら、長くなったので、師匠にお見せして添削していただきました。このとき、「(であった)がために」の多用が気になるというご指摘をいただきました。「(であった)がために」を「ので」もしくは「から」に置き換えると、さらによい日本語になるであろうと教えをいただきましたので、これからは、そうする。

再び、ノブハルの紹介をする。

ノブハルは、生物学的にはメイルで、性自認はアブロセクシャル（性的指向が変わることがある）だと言っていたことがあるけど、ほんとのところはわからない。それがしより五歳年上で、ユニットではヒキコモリを担当しています。

前回は、ノブハルを説明しようとして、ヒキコモリの歴史を説明してしまったが、すべての人が、なにかの形で労働を強制された時代のことを考えると、それがしは涙が出て、出て（重複は強調！）止まらなくなる。

いま、それがしたちが所属しているのは、いわゆる「U層」だ。「U層」という言葉についても、あまり考えたことがなかったが、これがほんとうに歴史的な用語だということに気づいて、ちょっとショック受けた。

「U層」は、その昔、イスラエルの歴史学者が名づけた「ユースレス・クラス」を簡略化したもので、それが紹介されたときに日本語では「役立たず階級」と翻訳されたそうだ。

「役立たず」というのは、「労働によって利益をもたらすことができない」という意味で、そのころは、ＡＩによって労働が奪われ、働くことができなくなる大きな階層を示す用語として定着した。

あまりに、あまりに、労働に重きを置きすぎている！

それらの苦役を、そこまで重んじる物語を、どうしてそこまで固く信じることができるだろうか。いや、ない。

いま、「ユースレス」という言葉を聞いて、そこからネガティブな印象を受けとる人は、ほとんどいない。このようにして、言葉は変化していくのだなと感じます。

「Ｕ層」では、労働をしないかわりに、好きな文化活動や、コミュニティのための活動など、したいアクティビティを選び、したくないことはしないので、ヒキコモリをしたい人はヒキコモリをすると中央に届け出ればよく、それがネガティブなイメージを持つことはない。ヒキコモリをやめてなんらかのアクティビティに参加したくなったら、それも自由である。

「Ｕ層」は地球のマジョリティであり、「Ｐ層」（プルトクラット層の略語）とはあきらかに生活水準が違うけれど、それがしたたちにとって「富豪」を意味する「Ｐ層」がどこで何をしているのかよくわからないし、どちらかといえば人生の面白さを知らない愚かな人々というイメージがあるので、ユースレス＝役立たずという言葉は、いまは、「苦役にとらわれない」という意味で使う人はいるけれど、ほとんど使われていない。

ノブハルは、おもに古いビデオを発掘研究している。

ノブハルの部屋には、骨董品のＤＶＤプレイヤーがあり、発掘したＤＶＤを観ることができるらしいが、それがしはまだ観たことがない。あまりに貴重で、傷むと困るので、他人には観せないことにしているらしい。ノブハルが偏愛しているのは、馬面のＡＶ女優のＤＶＤで（だから、ノブハルはアブロセクシャルではないように思うのだが、それがしには見せていない一面があるとも考えられる）、ＤＶＤ以外にも、写真集とか、それがしにはよくわからないカードとか、風船ガムなどを集めている。すべて骨董品である。

風船ガムと書いた四角い箱には、馬面のＡＶ女優の写真のついたカードが入っていて、しかし、なぜだか知らないけど、とっても食べる気のしない風船ガムも一枚、おまけのように入っている。一度、ノブハルがガムとカードだけ見せてくれたことがあったが、とてもとても古いものなので、ガムはもう食べられないらしい。

しかし、さっきも書いたように、とっても食べたくならないものなので、とくに問題はないと感じられる。

ＡＶというのは、おもにセックスの映像や、そこにいたるドラマが映像化されたもので、ノブハルによれば、非常に知的な芸術だそうだ。ノブハルの部屋はとても整然と整理されていて、狭い部屋にＤＶＤを収納するために考え抜かれたレイアウトをしている。さすがは小さいころから一筋にヒキコモリをしてきたノブハルならではの部屋だ。

ノブハルとそれがしが口をきくのは年に一、二回だが、きょうだいとして友好的に接していることを誇りに思う。

このあいだ師匠が、「順番がよろしくない」と言われたのは、スガワラさんとマキヨさんより前に、ノブハルを紹介してしまったことだ。うっかりしていた。

スガワラさんはパンのアーティストで、マキヨさんはウルトラヨギーです。

スガワラさんは、小麦粉に水を加えてよくこねることで生成するグルテンという粘り強い性質を生かして、さまざまなオブジェを作り上げることができる。グルテンを作ってかまどなどで焼いた、パンを食べていた長いヒストリーが人類にはあるが、そのグルテンが体によくないと言われた時期もあるし、危機的な食糧難に直面して、人類は絶滅が危惧される動物や温暖化で実らなくなった植物に頼ることをやめて、総合栄養食であるニュートリエントをバーチャルイメージとともに摂取するようになって久しい。

小麦は早い時期に品種改良が進み、年に三回作付けして収穫することのできる品種になったのがもう、ヒストリー上のできごとであって、ともかくいまも大量に収穫できるから、スガワラさんがパン・アートを作るのは合理的である。

スガワラさんは初めから、パンを食べるものとは考えておらず、自己表現の手段としてグルテンを選んだので、スガワラさんのパンは食べられません。

食べておいしくないわけではないが、食べるために焼いていないのだ。オブジェとして残しておくには、カビが生えないように水分をできるだけ残さないようにしなければならないし、食べるパンとは目的が違う。そしてさらに、カビや腐食などがないようにコーティングするので、最終的にはほんとうに食べられなくなる。

いままで作ったうちでいちばん大きなパンは、原寸大の書庫である。しかし、このように書くと、スガワラさんが書庫のような大きなものを作ってから焼いたように感じられるかもしれないけれども、そうではない。スガワラさんは、家に小さなオーブンしか持っていないので、焼くことができるのは、小さなピースです。小さなブロック状のパンを焼いて、それを積み重ねて壁面を作ったり、屋根を作ったり、書棚を作ったりする。もちろん、本という四角い形のものもパンで作っている。

こうしたことは、誰にも強制された労働ではないし、この書庫を作るのにスガワラさんは十年以上、時間をかけた。これは真の「U層」のアクティビティと言えるだろう。真の「U層」のアクティビティに関しては、歴史的名著である、ンゴラマ・ドーゼフ教授の『苦役からの解放―真の「U層」的アクティビティ』に詳しい。つまり「苦役にとらわれない」アクティビティが、真に「U層」的だということが書いてあって、それを知って、スガワラさんのことがとても誇らしく思います。

とうぜんのことながら、それがしたち「U層」の時間は、日中十二時間で、そのうち、アクティビティに費やせる時間は五時間と限られている。そして、もちろん、五時間のうち、スガワラさんはパンのアクティビティだけをしているわけではなく、それがしたちと遊びに出ていることもあるから、十年の歳月はかかったのであった。

スガワラさんのこだわりは、接着部分も安易な接着剤を用いず、パン種を使って溶接するようにバーナーで焼き込んでいることだ。とても手間がかかる。

「U層ブロードキャスト」で取材を受けたとき、スガワラさんは、パン・アートの魅力を、「楽しいから」と説明していた。

それが、「U層」的アクティビティのいちばん大事な点である。

その点では、マキヨさんも同じで、ヨガを心から楽しんでいます。

マキヨさんのヨガがほかの人と違うところは、みずから考案するところのヨガを実践するウルトラヨギーであるマキヨさんは、なるべく体に負担をかけない「やさしいヨガ」を提唱していて、あまり体を動かさない。

マキヨさんの趣味は食べることだ。一般に食べられているイメージだけでは絶対満足できないので、世界中のおいしい料理をホログラムで取り寄せ、自分でも特別レシピをプログラミングしてイメージを作り上げ、味のイメージもしっかり調合してからニュートリエントを食べるので、ついついニュートリエントを食べすぎる。そのせいでちょっと、ちょっとというか、だいぶ、太っている。

太っていて体を動かすのが苦手な人が、急にヨガなどをすると、かえって体に悪い影響がある。そこでマキヨさんが考案したのが、体を動かさないヨガで、彼女はそれをウルトラヨガと名づけ実践している。

実践しているだけで、誰かに教えたりすることはないし、他のヨギーとの交流もないので、マキヨさん考案のヨガが、ヨガ界でどのような位置づけになるのかはまったくわからないけれども、そんなことはわかるべきことではない。

マキヨさんが心からウルトラヨガを楽しんでいることが、「U層」的に重要であるのは言うまでもないのだ。

このような家族型ユニットの中で、それがしが何をしているかというと、身分としては女子高生で、オンラインでさまざまなクラスを選択している。ノブハルみたいなヒキコモリではないけれど、クラスはオンラインで取ればじゅうぶんだと思っている。スクーリングに興味が持てないのは、いじめの温床だからだ。

学校というのは、いじめをしたい人たちが行くところだと考えられる。

同世代の友人を作るのもいいことだと、マキヨさんに言われたこともあったけれど、それがしはどうでもいいと思っている。一年に一、二回は、ノブハルとも口をきくし。ノブハルは五歳年上だけど、悪いやつじゃないし、いじめたりしない。

こう書けばわかると思うけれど、それがしはスクーリングでいじめられた経験があって、それで行きたくないのだ。詳しくは書かないけれど、とても嫌な体験だった。なぜ、あんなことがおこなわれるのか、よくわからないけれど、いじめるほうには快感があるし、人をいじめないと自分もいじめられるんじゃないかと思うのがスリリングでいじめに加担するというタイプの人もいるのだろうと思う。

家族型ユニットによっては、年長者がベイビーたちに、人とつきあうというのは嫌なことを耐えることでもあるのだから、スクーリングには行くべきだと主張する人もいるらしい。でも、人とつきあわなければいけない場面なんて、とくにないのだから、無理して嫌な目に遭う必要なんかないと思う。マキヨさんは、それがしの考えを尊重してくれるので、とてもとてもありがとうございます。

苦役に耐えなければならなかったり、人とつきあっていじめられなければならなかったりしたヒストリーを思うと、それがしはほんとうに、ほんとうに泣けてくる。なんという苦しい時代を人類はたどってきたのであろう。そんな苦しい状況を耐えなければならない理由がどこかにあるだろうか。いや、ない。

けれども、人とつきあうのが全部嫌ということはなく、いま参加している「日本語を読むそして書く」アクティビティはとても気に入っている。参加しているのは、十代から三十代までの人々で、全部で十三人ほどだ。日本語を読むことをアクティビティにしている人はほかにもいるだろうが、グループ・アクティビティとしておこなっているのは、それがしたちのグループだけではないかと思う。

日本語が話されなくなって長い時間が経ちました。

初めに書いたけれど、離島に住んでいたハエバル・ユーゴ氏が、最後の日本語話者だったので、亡くなったいまは、話す人はいない。

デジタルアーカイブには、日本語を話している人たちの姿も記録されているので、見たい人は見ることもできるけれど、そんなものは誰も見ない。それがしたちも、とくに見る気にはならない。それがしたちが熱中しているのは、「日本語を読むそして書く」ことだから。話すこと以上に、読み、そして書くことは、とっくの昔におこなわれなくなってしまった。埋もれた宝を掘り出すようにして、使ってみるのは楽しい。それは少し、ノブハルのAVと似ているかもしれない。ノブハルがAVを発掘して、大事に観ているように、それがしたちは、日本語の文献を読み、また、真似して書くことに夢中になる。

そういえば、ノブハルの発掘しているAVは、日本語のはずなので、一度ノブハルに、日本語を聞いてわかるのかどうか、たずねてみたことがあった。ノブハルは、わからなくても鑑賞にはまったく問題がないと言い、また、「ヤメテ、ヤメテ」というのと、「ヘンタイ」というのを覚えたそうだ。年に一、二回しかない会話は、このとき、たいへんに短いものであった。

それがしたちは、師匠のご指導のもと、近代文学を参考にして読み始め、また、みずからこうして書く修業をしている。ものすごく楽しい。

そして、誰の「役」にも「立たない」。


ここまでのところを、師匠にお見せしたところ、「から」「ので」の使い方がわかってきたと、お褒めをいただいた。ありがとうございました。

ところで、これをなんのために書こうと思ったかといえば、もとをただせば、ユニット会議を記録しておこうと思ったからなのだった。なんということだ。家族型ユニットの紹介ばかり書いてしまった！　会議記録を書こうと思ったときからすでに三ヵ月も経っているので、議題も毎回、変わっている。たしか、前々回は、「『P層』はどこに住んで何をしているか」だったと思うけれど、誰も知らないので、なんの結論も出なかった。前回は「『A層』はどこにいて何をしているのか」だったが、こちらはさらにわからないので、またしても結論は出なかった。「A層」に関しては、のちに少し記す。

ユニット長のスガワラさんは、ユニット会議を開くのが好きで、月に一回はおこなっている。ノブハルは毎回欠席で、議決に関しての委任状をスガワラさん宛に送っている。だから、出席者は三人だけである。

議題はスガワラさんの思いつき次第なので、どうでもいいことをしゃべっているような形になることも多いが、今回は少しまじめな会議だった。「P層」とか「A層」といった、それがしたちと関係のない話ではなく、直接的に「U層」の話だったし、なによりも、スガワラさん本人のことだった。

「チョイスを飲むべきかどうか」

これが、先日のユニット会議の議題だったのだ。

チョイスについて紹介する。

チョイスは中央が奨励する医薬部外品で、緩慢に、とくに痛みや不具合を感じることなく、少しずつ、ていねいに、ゆっくりと健康を失っていくためのサプリメントだ。人類のヒストリーの中で、極端に高齢化が進んだ時代、何度か議論されたのが合法的な安楽死であったことは、こんにち、ヒストリーのクラスでも習うことである。

しかし、本人がそれを選択するのか、あるいは意識を失った段階でユニットの誰かが決断するのか、医師はどこかの時点でその選択肢を本人やユニットの構成員に伝えるべきなのか。ありとあらゆる倫理的な問題があって、それが個人の選択であったにせよ、もやもやしたものが残りすぎるのが、「安楽死」であった。

人口問題とエネルギーのこともある。人類が地球の存続にとって脅威であることは、もう世紀を越えて警鐘が鳴らされてきた。だからこそ、「A層」のような決断に踏み切った人々もいるし、一日十二時間制が導入されたのも、これ以上、人類の営みが地球を破壊することのないように、計画されたものであった。

　これは「十二時間絶対睡眠」を提唱した医師のドン・ガメタニ師と、「絶対睡眠下のサステイナブルな地球」を提唱した気候学者のナビラ・ゴンドレファス教授が推進して提言し採用された地球維持システムの一つで、一日を十二時間に限定し、その他の十二時間は「絶対睡眠」をおこなう。日中の十二時間は、好きなように使うことができ、もし、二十四時間があったときのように、睡眠も一日のうちに取り入れたいならば取り入れてもいいし、五時間を限度にアクティビティに使いたいならそうしてもよいことになっている。食事や入浴も楽しめる。

　ただし、その他の十二時間は、人類のすべての活動がストップする。午後八時になると、催眠ガスが流れて自動的に誰でも眠ってしまうし、必要最小限のＲＰＡ（ロボットによるプロセス自動化）以外、すべての電力がカットされる。エネルギー消費を大きく減らし、CO_2の排出量も減らせるので、「地球の延命措置」とも言われた。地域ごとの時差によって、絶対睡眠タイムは異なるので、緊急事態があれば、別地域が対応することになっている。

　この制度も導入して長いので、そろそろ「十六時間絶対睡眠」に移行すべきだという過激な提案をする人もいる。

じつは、それがしたちのユニットでもこれが会議の議題に上ったことは何度かあるが、結論は出ず、「ま、とりあえず、このままで」ということになった。「十六時間」に移行したらしたで、慣れてしまえばどうってことないのかもしれない。なぜなら、それがしたちは、いま一日が二十四時間もあったことなど考えられないからだ。

そんな長ったらしい一日を、何に使えばいいというのか！

話題をチョイスに戻します。

そういうわけで、人類はほんとうのところ、生きているだけで地球に迷惑な存在だというのは、もうずいぶん前から知られている事実であった。しかし、そうかといって、人類のさまざまな活動はいきなりストップできないし、「U層」のアクティビティは「P層」を支えてもいる（それがしにはどうもこのあたりがよく理解できていないのだが、ソーシャルスタディーズのクラスで、そう習った）ので、このようにして続けられている。そして、こんにち、医療が充実して、自然死が成り立ちにくいシステムになっていることもあり、生きているだけで迷惑なのに長生きしてしまうという状況がある。

そのような中で登場したのが、サプリメント「チョイス」で、みずからの選択＝チョイスにより、毎日気づかないうちに、安全に健康を害していき、自分の設定した年齢で墓場行きになることができると、中央は宣伝してきた。このチョイスが、いまなら一年間、フリーVCで試せて、キャンセルしなければ優待VCで終生宅配してもらえると、スガワラさんに案内が来たのだった。

「どうしよう」

スガワラさんは、ちょっと口をとがらせて言った。

「いいと思う。だって、ただなんでしょう？」

マキヨさんは会議中も、ウルトラヨガをしながら参加するので、なんだか寝ている人と話しているような気持ちになるが、落ち着いた声でそう言った。

「基本的にはいいと思うんだけれども、問題は、フリーVC優待を受けようと思うと、自分で思ってた年齢より早く死ななければならないのだ」

「なに？　どういうこと？」

マキヨさんが問い詰めると、スガワラさんは少し、恥ずかしそうにした。案内に「このお年までなら、チョイス定期購入、一年間フリー」と書かれている「お年」よりも、長生きしたかったらしい。

「何歳まで目指してた？」

マキヨさんは鋭く切り込んだが、スガワラさんは、言わなかった。

「いいと思う。チョイスなら、病気にもかからないし、健康的に過ごせて、痛かったり、辛かったりということはない。フリーVCでなければならないと考えるのはやめて、自分の目指す年齢までチョイスを飲むことにすればいいのではない？」

「一年間のフリーVCは魅力的だよ」

「たった一年間でしょう」

「それだけじゃない。一年間のフリーVCプラス、死ぬまでの優待VCだ」

「すごく違うの？」

「積算すると、かなり違う」

「それは、問題だね」

「目指す年齢まで生きるなら、正規価格となるので、かわりに小麦の使用量を減らさなければならないな。一方、いまのようにたっぷりと潤沢に小麦を使ってアートを作るなら、チョイスのほうでは節約しないと」

「アートは大事でしょう。あなたの真のアクティビティなんだから」

「しかし、フリーVCのコースを選択すると、いま計画しているパン・アートの完成前に墓場行きだ」

「今度は何を作ろうとしているの、スガワラさん」

「それはまだ内緒だよ、ベイビー」

「ダメ。完成前に死ぬなんて。それでは、よく生きることにならない。『U層』のアクティビティが時間に支配されるのは、おかしい。もっと自由なはず」

「しかし、どちらかを選ばなければならない。まさにチョイスだ。それが問題なんだ」

そう言って下を向くスガワラさんがあまりにかわいそうだったので、それがしは思わず発言した。

「これはどうかなあ。それがしが、ユニットを出て、『U層』から『P層』に移行し、スガワラさんとマキヨさんにVCをプレゼントするの」

スガワラさんとマキヨさんは、少し涙を溜めた目で、それがしを見つめた。

「なんてことを言い出すの、ベイビー。ほんとうにかわいい、あなた。でも、ダメ。ソーシャルスタディーズで習ってるでしょう。『U層』の人間が望んでも『P層』に移行することはできない。『P層』の人間があちらの意思で『U層』の人間をリクルートすることはあるけれど、それはいつも『P層』が決めることなの」

「それに、『P層』なんて、VCを動かして富を増やしているだけで、何も楽しいことなんかないって言うじゃないか。あなたのやさしい気持ちはうれしいが、どうか『P層』のことなんか考えないでほしい」

「現実的でもないしね、ベイビー」

「じゃあ、『B層』は？　こちらはもう少し現実的でしょう？」

「B層」について説明する。

「B層」は「ビューロクラット層」の略語で、中央でシステムを管理している官僚たちのことを指す。「B層」には登用試験があり、「U層」からでも「P層」からでも試験を受けることができるが、定年退職後はそれぞれの出身「層」に戻る。実務はロボットが執りおこなっているため、「B層」の人材登用は狭き門と言われている。

「現実的ではないよ、ベイビー」

「あなたの成績ではとても登用試験に受からないもの」

「気持ちはうれしいよ、ベイビー」

「今日、結論を出すことではないでしょう。もう少し考えて」

こうして、ユニット会議は終了した。

それがしがみずから驚きだったのは、この家族型ユニットにまだ居続けるとしか考えていなかった自分が、「P層」や「B層」への移行を口にしたことだった。真面目に考えているとは言えない。でも、あのときは可能性として、そんなことを考えてもいいのではないかと一瞬だけど思ったのだ。それで、スガワラさんの真のアクティビティが続けられるなら。

「マキヨさんは、チョイスを飲もうと思う?」

ユニット会議の次の日、スガワラさんが工房に出かけ、マキヨさんが居間でウルトラヨガを実践しているときに、それがしは、そっとたずねてみた。

「チョイスねえ」

寝転がった状態から起き上がって胡坐(あぐら)を組むと、マキヨさんは真面目な顔で言った。

「飲むよ」

「え、ほんと？」

「だって、ゆっくり安全に健康を損なっていって、目指す年齢で死ぬことができるんでしょう？　痛かったり、怖かったりしないでしょう？」

「でも、その年齢になって、もっと生きたいと思ったらどうするの？」

「あまり思わないみたい。いつもと同じように朝を迎えて、気がついたら死んでるみたいなの。だいたいの人は、その日がその日だって、忘れてしまうらしい」

「それでは準備ができないのでは？」

「準備って？」

「わからないけど、たとえば、大事な人にお別れを言うとか」

「いつでも言える。いまから言っておく。あなたは大事な人だよ。いつになるかわからないけど、さようなら。これからときどき言うことにする」

　それがしは、マキヨさんの解決法には不満がある。

　チョイスについて考えたのは、先日のユニット会議が初めてだった。

　それなのに、こんなことを知るは、驚きです。

　師匠が、墓場行きになった。

もっと、もっと教えてくだされたかったのだが、師匠がチョイスをずっと飲んでいたと知った。どうしてそれを知らせてくだされなかったのだろうか。

それがしは、準備ができていなかった。師匠は、それがしにさようならを言ってくだされなかった！

師匠がいつもとてもたくさん直してくだされていたので、それがしの文章はとてもよかったので、また、一人で書くのは、自信がない。でも、やるしか、ない！

師匠の死はショックだ。そして、いろいろなことを考えた。

チョイスのことも、師匠のことも、スガワラさんのことも、マキヨさんのことも。

それがしが、師匠の死にショックで泣いていたから、ノブハルが気づいた。

ノブハルは心配してくれました。

「十八歳になったら、『B層』に行く試験を目指すのか」

と、ノブハルはそれがしにたずねた。

「いいえ、そうではない。成績がよくないので、現実的ではない。たぶん、この家族型ユニットに留まる。あなたみたいに」

と、それがしは答えた。

「『B層』にも『P層』にも、興味ない。自分が興味持つは『A層』だ」

そう、ノブハルが言ったので、それがしは驚いた。

「『A層』？」

「A層」は、「アドベンチュラー層」の略語で、でも、ほんとうの意味では「U層」や「B層」や「P層」とはまったく違う。何十年も前に、地球を離れていった人々のことだ。地球には未来がない、人類は地球にとって迷惑なだけだと言って、安らかな生活を捨てて、開拓民の心を持って、他の星に移住していった人々のことだ。

「P層」は「A層」とコンタクトしているという噂もあるけれど、「A層」は「P層」を好ましく思わなかった人たちなので、連絡していないと思われる。「P層」は「P層」で、他の星の開拓をしているけれど、「A層」の人たちは、それとはまったく別の方法、別の星を目指したと言われている。

でも、それもとても昔のことだから、伝説のようなもので、ほんとうはわからない。それが何人くらいの人で、どこへ行ったのか、まったくわからない。

「もうすぐ八時になる。だけど、もっと後に、星のきれいな時間が来る」

と、ノブハルは言った。

「この街からでは、真夜中でもそんなにきれいではないというよ」

「そうかな。そうかもしれないけど、見たことがないからわからない。『A層』はどこを旅して、どこに行ったんだろう」

「考えたこと、なかった。『A層』について、ノブハルは何か知っている？」

そう聞くと、ノブハルは長い髪をゆらゆらさせて、頭を左右に振った。

「知らない。何も。『P層』のことも『B層』のこともよく知らない。何も知らないまま、チョイスを飲むことになる」

「チョイスは飲みたくなければ飲まなければいい」

それがしがそう言うと、ノブハルは少し寂しそうに笑った。

「みんな飲むようになる。チョイスは名前を変える」

「名前を変える？」

「ただの栄養剤として、すべての人に支給されるようになる」

それがしは、ノブハルの顔から目を動かすことができなくなった。何を言うか。何を
ノブハルは知るのだろうか。

「ノブハル、ちょっと、その発想は怖いよ」

それがしは、ようやく、言った。

ノブハルはもう一度悲しそうに笑って、

「信じなくてもいいよ」

とだけ、言った。

解　説——人間の感情はどのように残るのだろう

武田砂鉄

もういいよ、これ以上は進歩しなくって、と毎日のように思っているのだが、あんまり言えない。なぜって、多くの人が、いいじゃん、この進歩、と思っているから。一〇〇円玉は今日も明日も一〇〇円玉として使えるが、電子マネーは「すみません、今日はちょっと使えないんです」と言われたりする。便利になりましたよね、と言われているものは、ある日突然、ものすごく不便になる。

少し前、自分の使っているスマートフォンの通信にトラブルがあり、一日半ほど、電話もメールもLINEもできなくなった。その日、ある食事会に誘われていたのだが、私はすっかり予定を間違えており、すっぽかしてしまった。翌朝気づいて青ざめたが、後日、参加した人に聞くと「ケータイがつながらないから場所がわからなかったのかもしれない」「通信トラブルによって仕事に支障が生じ、その対応に追われているのかもしれない」などと、複数の「かもしれない」が飛び交い、すぐに自分の不在を気にしなくなったのだという。通信トラブルがなければ三〇分後くらいに電話が来たはず、というつまらない予測もあるが、こうして、相手の意向や事情を知ることができない場合、人は他人を想像してくれるのだ。それってなかなかいいもんだなと、反省するのを忘れながら思っていた。

便利になるとあれもこれも可視化される。自分の位置も嗜好も遍歴も隠し通すことができない。マッチングという概念というか動作によって、自分に合う人や商品や場所が抽出される。自分はそうやって提示されるものには従いたくないんですと逆らっていると、そのうち、「提示されるものには従いたくないんですと思っている」人のために情報が提供されるようになるのだろう。便利を追い求めた結果、人間が自由に動き回れる範囲が狭まっている感覚がある。

地球の資源は有限で、その多くが枯渇しそうになっている現実に、多くの人がいい加減気づき始めた。利己的な人間たちは、それでもまだいけると従来のやり方を根本的には変えないが、信じられない暑さやとんでもない豪雨を目の当たりにすれば、さすがに腕を組んで考え始める。しばらく前、廃墟ばかりを集めた写真集が流行ったが、その手の写真集の見どころの一つは、自然の回復力は平然と人工物に優るという事実で、朽ちていく廃墟に覆い被さるように草木が生え、花を咲かせ、鳥たちが飛び交っている。私たち、つまり、人間さえいなければ元に戻るのだ。「地球を守ろう」の枕詞として「人間がこのまま暮らせるような」を用意すると、私たちの傲慢さがしっかり見えてくる。

私たち人間がこのまま暮らせるように願っている地球は、今、バグっていると思う。そして、これからますますバグっていく。ただし、人間の命は長くて一〇〇年だから、バグったまま次の世代に手渡す。バグりは遺産相続のようには細かく整理できないから、バグりが次の世代に蓄積していく。バグった結果、元通りになったりもする。たとえば、戦争がそうだ。核の使用をちらつかせ、脅し、弱い者の生活から奪っていく。あれをまた繰り返している。あっちがあれだけ強いんだから、自分たちももっと強くしておかないとヤバいのではないかという議論を進める。平和を願うと、平和を願って平和は訪れましたか、なんて言われる。鼻息が荒い。国力が弱体化しているので、子どもを産めと言われる。かつて、四人以上産んだ女性を表彰したらどうですかと言い始めた政治家もいた。終末期医療の話をしながら、「さっさと死ねるようにしてもらわないと。政府の金で(高額医療を)やってもらっていると思うとますます寝覚めが悪い」なんて言う政治家もいた。命の価値を判別しようとしてくる。一一年前、私たちの国では原発が爆発した。一歩間違えば日本の大半が暮らせない場所になったかもしれない。責任逃れは一一年後も続き、なぜか、そろそろもういいでしょう、と再稼働の声が強まっている。

やっぱりバグっている。想像していた未来と違う。未来とは常に想像していたものとは異なるものだが、明らかにズレている。脱線している。でも、場面場面では順応が求められ、それに応じてしまうからバグる。わけがわからなくなる。一体、これからどうなってしまうのだろう。どうなってしまうのだろう、なんて、客観的に見ているところからして、私は深刻に考えているわけではないのかもしれない。

「彼らが愚かだったのは、自らを『霊長類』と呼び、『ホモ・サピエンス（賢い人）』と呼び、動物の知能に優劣をつけて、自分たちがそのトップに立っていると不遜にも信じていたことだ。動物の知能は種によって発達の仕方が違い、それぞれ必要な能力を発展させてきたにすぎない。彼らは彼らに必要な能力を高めたにすぎず、それが他の種にはとくに必要とされていないことには注意を払わない。我々、空を飛べるものに、わざわざ鉄の塊を飛ばす航空技術が不要なことは言うまでもないではないか」

本書の「ふたたび自然に戻るとき」にある一節だ。遠くない未来、鳥から人間はこのように見える。人間は愚かだったのだ。以前、取材で会った生物学者に「最後まで生き残るのって何ですかね」と乱暴な質問をすると、間髪容れずに「鳥でしょうね」と返ってきた。その理由は、彼らは住む場所を選ぶことができるから。その端的な答えに納得しつつ、その場でどうにかするしかない人間の限界を愚痴ってみると、「これから人間は新たに住まいを作るかもしれない。可能性は二つあります。宇宙か、海底です」と続けた。ここでは暮らしていけないとなった人間は、ここならば住めるという場所を作る。大金持ちが宇宙旅行をする光景を見ると、私にはどうにも滑稽に思えて仕方がない。なぜって、「俺は、お前たちには経験できないことをやっているんだぞ」というプレゼンテーションが過剰だからなのだが、もし宇宙で暮らせるようになっても、真っ先にそこで暮らし始めるのは大金持ちなのだろう。だって彼ら、本当に嬉しそうな顔をしているから。

この『キッドの運命』に収められている六篇の小説に共通するのは、近未来の光景を描いているという点。そのどれもが、もしかしたらこんなことになってしまうかもしれない、と感じさせるのは、著者自身が今の社会への疑念を持ち、そのバグりを観察し続けているからなのだろう。「赤ちゃん泥棒」では、生殖技術が発達し、人工子宮によって子どもを産むことのできる社会が描かれる。ゲイのカップルも七〇代の高齢女性も子どもを産む。体外人工子宮ではなく人工子宮移植を選んだ七二歳の女性が言う。

「ですからね、わたし、お腹を痛めたくなりましてね」

「悔しかったんです。お腹を痛めて子供を産んだことのない人がなにを言うとか、お腹を痛めてこそ女性とか、散々言われましたから」

若いインタビュアーに「でも、いま、そんなこと言う人はいませんよ」と言われると、

「それは、そうかもしれないけど、わたしが取り返したいのは失われた過去なのです」

と返す。

初めて「デザイナーベビー」という言葉を知った時、とても嫌な言葉だなと思った。受精卵の段階で遺伝子を操作するなどして、病気を回避し、親が望む体力や知力、そし

て身体的特徴を持つ胎児を産むようにできる技術をそう呼ぶ。生殖医療は、未来をデザインする方向へと向かっている。ならば、その未来ではあえて「お腹を痛めたくなる」女性が出てきてもおかしくはない。蔓延(はびこ)っていた精神論がうっすらと消え、技術論に切り替わっていくと、今度は痛む繋(つな)がりを望む。でも、そんな社会でも「男性による妊娠、高齢女性の妊娠等、子宮移植手術が必要な場合は、保険適用外の高額医療になります。男性差別、高齢者差別に当たるとして怒っている人たちも見かけますが、人工子宮を使えばそうした人たちも子供が持てるのだから、わざわざ妊娠を選ぶのは、余裕のある人たちのすることだというのが、現在の主流の考え方なんです」とのこと。やっぱり金なのか。

これからどんどん進化していって、どこまでも便利になって、一体、感情というものはどのように残るのだろうか、という漠然とした不安がある。怒っていることを察知され、喜んでいる状態を共有せよと促され、ボーッとしていると目の前に情報が現れる。寝ても起きても、歩いても走っても、泣いても笑っても、その変化を把握されていて、あなたを心地よくしますよというサービスが五月雨式にやってくる。あなたを迷わせません、とやってくる。いえ、迷いたいのです、もうちょっと考えたいのです、なんなら、ずっと考えたままでいたいのです、と訴えたくてたまらなくなる日がよくある。そんな日はこれからますます増えていくのだろう。

この小説を、それでも残る人間の感情を探すように読んだし、削り取られてしまった感情を体感するように読んだ。私はこう思います、という意思表示が、誰からの影響も受けない、純粋な状態であることって少ない。オリジナルだと思っている考えの成分を分析すると、さっそく先人たちの考えや、向こう岸の対立する考えだと思っていた要素が混じっていたりもする。ところが、この雑味というのは世の中を動かしていくうえで大切で、非合理的で矛盾を含む考え方同士がぶつかった時、思いもよらぬ方向へ物事が動き出すのだ。そんな時こそ、人間の感情は大きく揺れ動く。生きているという実感も湧く。

これから私たちの感情はどうなってしまうのだろう。どこに残るのだろう。答えを探しながらこの小説を読んだし、答えが見つかったかどうかは言いたくない。分析されちゃいそうだから。

（たけだ・さてつ　ライター）

本書は、二〇一九年十二月、集英社より刊行されました。

初出誌「小説すばる」
ベンジャミン　二〇一九年七月号
ふたたび自然に戻るとき　二〇一八年十一月号
キッドの運命　二〇一七年十月号
種の名前　二〇一八年四月号
赤ちゃん泥棒　二〇一九年二月号
チョイス　二〇一九年八月号

中島京子の本

東京観光

アパートの水漏れがきっかけで、下の階に住む男と親しくなったあかり。男はある日、奇妙な相談を持ちかけてきて……（「天井の刺青」）。平凡な日常に魔法をかける、極上の七つの物語。

集英社文庫

集英社文庫

キッドの運命(うんめい)

2022年10月25日　第1刷　　定価はカバーに表示してあります。

著　者　中島京子(なかじまきょうこ)

発行者　樋口尚也

発行所　株式会社　集英社

東京都千代田区一ツ橋2-5-10　〒101-8050

電話　【編集部】03-3230-6095

【読者係】03-3230-6080

【販売部】03-3230-6393（書店専用）

印　刷　凸版印刷株式会社

製　本　加藤製本株式会社

フォーマットデザイン　アリヤマデザインストア　　マークデザイン　居山浩二

ISBN978-4-08-744441-4 C0193